공포

[리·플레이]

공포

고재귀
희곡집

제
로

"여길 보세요. 나는 이제 금이 간 술잔에 이 귀한 술을 따를 겁니다. 손바닥으로 실금을 감싸듯 움켜잡으면 포도주는 얼마간 이 잔에 머물러 있을 테지요. 그러나 너무 강하게 잡으면 오히려 술잔은 내 손에서 부서져 내릴 겁니다. 포도주가 실금 사이로 새지 않고, 술잔도 깨지지 않게 하려면 나는 숨소리조차 내지 말아야 해요. 내 숨소리가 이 균형을 부숴버릴 테니까요."

"왜 당신은 인생을 살지 않고, 그저 흉내만 내려는 겁니까?"

"흉내만 내기에도 나는 바빠요. 아주 바쁩니다. 보세요. 나는 금이 간 술잔을 하늘에 들어 올리고 있어요. 포도주는 새지 않고, 잔도 깨지지 않았죠. 보이시나요? 이것이 바쁜 것이 아니라면 무엇이 바쁜 일이겠습니까?

"......."

"자, 이 잔은 이제 아무 문제 없어요. 안톤, 당신이 나에게 다가
와 그 멋진 웃음을 얼굴에 그려 보이며 건배를 제안하지만 않는
다면, 내가 내 자신을 가여워하는 어리석은 숨소리를 당신에게
자랑하듯 토로하지만 않는다면……, 이 술잔은 언제까지나 내
손안에 있을 겁니다."

_실린과 체호프의 대화(미완성 삭제 장면)

그해 겨울,
집으로 돌아오는 길.

가슴속으로 중얼거렸던 숫자들,
2, 3, 5, 7, 11, 13, 17, 19…….

1과 자기 자신으로밖에는 나누어지지 않는 수,
소수(素數).

나는 그렇게 소수와 같은 인물들을 만났고,
이제 헤어지기 위해 그들을 책으로 묶는다.

고재귀

수록작 초연 기록

* 연극 〈공포〉는 2013년 12월 13일부터 22일까지 서강대학교 메리홀에서 초연되었다. 박상현이 연출을 맡고 김태근, 이동영, 김수안, 신덕호, 신재환, 박하늘, 정은경, 이필주가 출연했다.

* 연극 〈우리들 눈동자가 하는 일〉은 2019년 10월 17일부터 27일까지 서촌공간 서로에서 처음 공연되었다. 전인철 연출에 이지혜, 권일, 정다함이 출연했다.

* 연극 〈어딘가에, 어떤 사람〉은 혜화동1번지 7기동인 '세월호—제자리' 기획초청공연으로, 2019년 6월 6일부터 16일까지 연극실험실 혜화동1번지 무대에 올랐다. 연출 송정안과 배우 강정임, 윤성원, 채송화, 류원준, 남유라가 함께했다.

차 례

공포

이 희곡은 러시아 작가 안톤 체호프(1860-1904)가 1890년 사할린섬을 여행하고 돌아와 발표한 기행문과 동명의 단편소설 「공포」를 참고하여 쓴 허구의 창작이며, 실제 그의 삶과 많은 부분이 다름을 밝힌다. 희곡에 쓴 의고체(擬古體)와 중역체(重譯體) 문장은 작가가 의도한 것이다.

시간	1891년 11월

공간	러시아 페테르부르크 인근 농장, 실린의 집

등장인물	안톤 파블로비치 체호프	33세, 작가
	드미트리 페트로비치 실린	34세, 전직 관료
	마리야 세르게예브나	32세, 실린의 아내
	가브릴라 세베로프	39세, 하인
	조시마	51세, 신부
	요제프	25세, 신부
	캬쟈	25세, 하녀
	파샤	47세, 하녀

0장

> "나 야훼가 말한다. 놀라서 울부짖는 소리가 들려온다.
>
> 온통 공포뿐, 평안한 곳이라고는 없구나."
>
> _예레미야 30장 5절

완전한 어둠, 그에 상응하는 정적.

무대, 약간의 빛으로 밝아지면 의자 위에 올라선 한 남자가 보인다.

남자의 눈앞에 걸려 있는 목줄.

팔을 뻗어 목줄을 만져보는 남자, 이내 목줄에서 손을 뗀다.

망설이는 표정과 침묵.

남자, 천천히 고개를 돌려 빈 책상을 한참 동안 바라본다.

다시 정면을 응시하는 남자.

거울 앞에 선 사람처럼 단정하게 옷매무새를 가다듬는다.

이윽고 다시 목줄을 붙잡는 남자.

암전.

"대관절 사람이 무엇이라고,

주께서 그를 대단하게 여기시나이까?"

_욥기 7장 17절

낮. 실런의 집 거실.

부엌 쪽에서 마리야 세르게예브나의 비명이 들려온다.

잠시 후, 거실로 들어오는 마리.

하얀 장갑을 낀 손으로 죽은 쥐의 꼬리를 붙들고 있다.

거실 탁자 위 구두 상자 속에 죽은 쥐를 집어넣는 마리.

혐오에 가득 찬 얼굴로 상자 뚜껑을 덮는다.

마리, 잠시 망설이다가 상자를 들고 현관 쪽으로 걸어간다.

현관문이 열리는 소리.

무대 경계에서 체호프와 마리, 대면한다.

마리, 체호프를 향해 짧은 탄식 같은 비명을 내뱉는다.

체호프	(마리의 비명에 놀라) 마리야 세르게예브나.
마리	(떨리는 목소리로) ……안톤.
체호프	놀라셨다면 미안합니다. 제가 잠시 무얼 생각하다가…….
마리	아니에요.
체호프	오랜만입니다, 마리.
마리	(정중히 인사를 하려다가) 죄송해요. 보시다시피 제가 지금 집안일을 하느라……. 어서 들어오세요.

두 사람, 거실로 들어선다.

체호프, 가방을 거실 입구에 놓아두고 모자를 벗는다.

체호프	연락도 없이 이렇게 불쑥 다시 찾아와버렸습니다. 그동안 잘 지내셨는지요.
마리	(잠시 아무 말 없이 체호프를 쳐다본 후) 연락 없음이야말로 당신이 타인에게 베풀 수 있는 최고의 배려가 아니던가요? (이내 자신의 말을 자책하듯) 아니에요. 쓸데없는 소릴 지껄였군요. (과장된 어투로) 페테르부르크에서 온 위대한 작가의 방문이라면 언제나 환영이지요. (묘하게 웃으며) 무엇보다 그이가 당신이 온 것을 알면 어린아이처럼 두 손을 들고 뛰어오를지도 모르죠. (손에 든 구두 상자를 의자 위에 올려놓고) 자,

이제 인사해주세요.

체호프, 마리에게 다가가 사교적인 인사를 건넨다.

마리   (떨어지며) 외투는 저에게 주시죠.

체호프   아닙니다. 당신에게 외투 시중을 시킬 수는 없죠. (외투와 모자를 직접 옷걸이에 걸며) 그나저나 집 안이 조용한걸요.

마리   어쩌죠? 당신이 그토록 보고 싶어 하는 당신의 친구는 지금 들판에 나가 있는데. (합장하듯 손을 가슴 앞에 모으며) 그렇지만 곧 들어올 테니 걱정 마세요. 아주 잠시만 기다리시면 될 거랍니다. 아주 잠시만. 도저히 무슨 일이 일어날 수 없는 시간 동안만 말이죠.

두 사람, 말없이 서로를 바라본다.

마리   (체호프의 시선을 피하면서) 카쟈를……, 안톤도 기억하시죠? 그 빨간 머리 아이. 몇 달 전 그 애를 내보냈답니다. 이리 앉으세요.

두 사람, 천천히 거실 중앙으로 걸어와 의자에 앉는다.

마리   아무래도 손님조차 없는 집에 하녀를 둘씩이나 데리고 있는 것은 여간 부담스럽지가 않아서요. 그이를 따라 농장 일을 도울 하인이라면 몰라도. 그렇다고 저희에게 재정적인 문제가 있는 것은 아니니까 걱정하실 필요는 없어요. 농장은 생각보다 잘 돌아가고 있으니까. 단지⋯⋯, 예전부터 그녀의 행실이 좋지 않았어요. 안톤이라면 제가 이유 없이 하녀를 내쫓고, 뒤에서 흉이나 보는 어리석은 여자라고 생각하지는 않으실 테니 드리는 말씀이지만, 여자아이에게 행실이 좋지 않다는 말이 가지는 의미를 잘 알고 계시겠지요?

체호프, 대답의 의미로 살짝 미소를 지어 보인다.

마리   물론 드미트리는 반대를 했지만 결혼하면서 제가 직접 데려온 아이니까 내보내는 것도 제가 결정할 수 있는 일이지요. 덕분에 이제 하녀라고는 파샤 하나밖에 남지 않아서 (의자 위에 올려둔 상자를 가리키며) 보시다시피 제가 손수 집안일을 어느 정도 해야만 한답니다. (자신의 처지를 스스로 비아냥거리듯) 그렇지만 이런 게 바로 겁 없이 도시를 떠나 이런 곳에서 농장 일이나 하려는 사람을 남편으로 둔 아내가 감당해야 할 몫이 아니겠어요?

체호프　마리, 나는 언제나 드미트리와 당신이 다시금 페테르부르크로 돌아오기를 누구보다 기원하는 사람입니다. 그렇지만 가끔 이곳에 올 때마다 드미트리의 결단력 있는 용기를 생각해보곤 한답니다. 아시겠지만 도시에서 그는 너무 지쳐 있었어요. 무엇보다 그는 자신이 매일 만나야만 하는 관리들을 혐오하였지요.

마리　그렇지요. 그 점에 관해서라면 저 역시 잘 알고 있답니다. 다만 그는 관리들의 혐오에서 도망치기 위해 아내의 혐오를 택한 남자일 뿐이지요.

체호프, 대답하지 못하고 마리를 쳐다본다.

마리　(체호프의 시선을 피하며) 이런, 차도 내오지 않고 저 혼자 말이 많았네요. 옷감을 사 오라고 파샤를 마을로 내보냈답니다. 제가 직접 차를 내올 테니 잠시만 기다리세요.

마리, 자리에서 일어난다.

체호프　아닙니다. 그냥 물이나 한잔 주시지요.

마리　　　아니에요. 글쎄, 오늘 조시마 신부님이 방문하시기로 했다는 걸 파샤를 마을로 내려보내놓고서야 생각해냈지 뭐예요. (과장되게) 아시겠어요? 이게 모두 한적하고 낭만적인 전원생활을 꿈꾸는 남편을 둔 아내가 치러야 할 대가랍니다. 자, 잠시만 기다려주세요. 차를 준비해두어야겠어요.

마리, 부엌 쪽으로 퇴장하려다가 뒤돌아선다.

마리　　　그런데 왜……, 현관문 앞에서 망설이고 계셨던 건지요? *

체호프　　(둘러대듯) 아닙니다, 마리. 망설이다니요. 잠시 생각을 하고 있었습니다. (웃으며) 제가 시도 때도 없이 그런 멍청한 사념에 빠진다는 걸 잘 알고 계시지 않습니까.

마리　　　(잠시 체호프를 바라보다가) 거의 2년 만에 뵙는데도 당신의 그 미소만큼은 어제 본 것 같은 기분이 드는군요.

두 사람, 말없이 서로를 바라본다.

마리　　　(시선을 돌리며) 이런. 당신이 무언가를 기다리는 게

얼마나 힘든 일인지 알아채지 못하도록 어서 빨리
차를 내와야겠군요. 잠시만 기다리세요.

마리, 뒤돌아서 부엌으로 퇴장한다.
마리가 사라진 자리를 오랫동안 쳐다보는 체호프.
천천히 자리에서 일어나 무대 앞쪽 테라스로 걸어간다.
회상에 빠진 얼굴로 테라스 밖을 내다보는 체호프.
그때 현관 쪽에서 조시마의 목소리가 들려온다.

조시마   (목소리) 드미트리 페트로비치!

체호프, 고개를 돌려 현관 쪽을 바라본다.

가브릴라   (간절하고 애처로운 목소리) 존경해마지않는 드미트리
             페트로비치 실린, 조시마 신부님이 오셨습니다.

마리가 부엌에서 나와 거실로 들어선다.

마리   조시마 신부님이 오신 모양이네요. 아주 덕망 있는
          분이니까 같이 뵙는 것도 나쁘지 않을 거예요.

마리, 동의를 구하듯 체호프를 쳐다본다.

체호프　　(거실 중앙으로 걸어오며) 물론입니다, 마리. 저는 괜찮습니다.

마리, 현관 쪽으로 퇴장한다.
조시마와 마리의 목소리가 들려온다.

조시마　　(목소리) 마리야 세르게예브나.

마리　　(목소리) 어서 오세요, 조시마 신부님. 이리 들어오시죠.

마리의 뒤를 따라 조시마와 가브릴라가 거실로 들어선다.

마리　　그렇지 않아도 지금 신부님을 기다리며 차를 준비하고 있었답니다. (고개를 숙인 채 조시마 뒤에 숨어 있는 가브릴라를 보며) 그런데…….

조시마　　아, 내 한 사람을 더 데려왔다오. (뒤를 돌아보며) 뭐 하는 겐가, 가브류슈카? 인사드리지 않고.

가브릴라, 조시마의 그늘에서 빠져나오며 헛기침을 한다.

가브릴라　　(공손하게 낡은 모자를 벗으며) 오랜만입니다, 마님. 더 아름다워지셨군요. 헤헤.

마리, 해명을 요구하듯 조시마를 쳐다본다.

조시마, 마리의 시선을 피해 거실을 둘러보다 체호프와 눈이 마주친다.

조시마　　손님이 계신지 몰랐군요.

마리　　　(급히 몸을 돌리며) 이리 오시죠, 신부님. 그렇지 않아
　　　　　　도 신부님께 체호프 선생님을 소개시켜드릴 참이었
　　　　　　답니다.

마리와 조시마, 체호프에게 다가간다.

마리　　　안톤, 이분이 수도원의 조시마 신부님이세요. 덕망
　　　　　　이 인근 마을까지 자자한 분이시죠. 신부님, 안톤 파
　　　　　　블로비치 체호프 선생님이에요. 제가 지금 신부님께
　　　　　　안톤을 소개시켜드릴 수 있어서 얼마나 행복한지 모
　　　　　　르실 겁니다. 이분은 의사이자 아주 유명한 작가시
　　　　　　랍니다. 페테르부르크에서 그의 이름을 모르는 이가
　　　　　　없을 정도죠. 알렉산드린스키극장에서도 공연을 하
　　　　　　셨죠. 그리고 무엇보다 드미트리의 절친한 친구시랍
　　　　　　니다.

조시마　　오호, 이거 만나뵙게 되어 영광입니다. 조시마라고
　　　　　　합니다.

체호프　　영광이라니요. 천만의 말씀이십니다. 반갑습니다, 신

부님.

그때 두 사람 사이로 불쑥 끼어드는 가브릴라.

가브릴라　헤헤. 반갑습니다, 나리. 저는 가브릴라 세베로프라
　　　　　고 합죠. 그냥 가브류슈카라고 부르시면 됩니다요.
　　　　　사람들은 '40인의 순교자'라는 우스꽝스러운 이름
　　　　　으로 부르기도 합니다만, 그건 어디까지나…….

마리　　（단호하게 말을 끊으며）가브류슈카.

가브릴라, 움찔하며 한 걸음 물러선다.

가브릴라　용서하십시오, 마리야 세르게예브나.

마리　　（매서운 눈초리로 가브릴라를 쳐다보다가）신부님, 이리
　　　　　앉으시지요. 안톤, 당신도 앉으세요.

체호프와 조시마, 자리에 앉는다.

조시마　　부군께서는 집에 안 계신가 봅니다.

마리　　들판에 잠시. 하지만 곧 들어올 겁니다. 어쩌면 벌써
　　　　　들어오고 있는 중인 줄도 모르죠. 신부님, 잠시만 안
　　　　　톤과 이야기를 나누고 계시겠어요? 허락하신다면

제가 직접 차를 내올 테니. (웃으며 변명하듯) 글쎄, 신부님이 오시기로 했다는 것을 깜빡 잊고 하녀를 마을에 내려보냈지 뭐예요. (급히) 오, 그렇다고 드미트리와 제가 신부님의 방문을 소홀히 생각하고 있었던 것은 아니랍니다. (체호프에게) 안톤, 제가 차를 준비하는 동안 조시마 신부님께 페테르부르크의 사교 모임에 대해서 말씀해주시지 않으시겠어요? 그곳이 얼마나 멋지고 화려한 곳인지 말이에요. 이 누추하고 따분한 시골 농장에 비하면 말이죠.

마리, 죄인처럼 서 있는 가브릴라를 쳐다본 후 부엌으로 들어간다.

가브릴라, 이곳에 없는 사람처럼 고개 숙이며 몸을 굽힌다.

거실에 남은 세 사람 사이에 얼마간 침묵이 흐른다.

조시마   그래, 글을 쓰신다고요?

체호프   (웃으며) 보잘것없는 이야기를 만드느라 종이를 낭비하고 있습니다.

조시마   어떤 이야기들을 쓰고 계신지 여쭤봐도 되겠습니까?

체호프   대단한 것이 못 되는지라 말씀드리기도 송구스럽습니다. 그냥 거리에 떠도는 엉터리 추문 같은 이야기들입니다. 바람이 불면 송두리째 날아가버리는 글들이지요.

가브릴라 (신부의 뒤쪽으로 엉거주춤 다가오며) 나리, 믿으실지
　　　　모르겠지만 저도 글을 읽을 줄 압니다요. 10년 전에
　　　　는 『춘희』도 직접 읽어본 적이 있습죠. 그 이후에 동
　　　　백꽃만 보면 꺾어서 여편네에게 가져다주며 환심을
　　　　사기도 했는데……. 물론 이제는 술 때문에 그 여자
　　　　무덤이 어디에 있는지조차 모르지만 말입니다. 헤헤.

조시마 (거실의 빈 의자를 가리키며) 가브류슈카. 자네도 그렇
　　　　게 멍청하게 서 있지 말고 어디 좀 앉아 있도록 하
　　　　게.

가브릴라 아닙니다요. 이 미천한 것이 드미트리 페트로비치
　　　　실린의 손님과 함께 앉아 있는 걸 마님이 본다면 오
　　　　늘 수고스럽게도 신부님이 저를 위해 이곳에 와주신
　　　　일도 허탕이 될 게 뻔합니다요.

조시마 (답답한 듯) 그럼 내 뒤에 그렇게 그림자처럼 서 있지
　　　　말고 한쪽 구석으로 물러나 있든가!

가브릴라 알겠습니다요. 그럼 저쪽 현관 구석에 잠시 앉아 있
　　　　겠습니다.

가브릴라, 현관 앞 의자로 걸어가 구두 상자를 바닥에 내려놓고 그 자
리에 앉는다.

그러다 무슨 생각이 들었는지 다시 조심스럽게 상자를 집어 든다.

상자를 자신의 무릎 위에 공손히 올려놓는 가브릴라.

조시마　최근에 쓰고 계신 것은 없습니까?

체호프　……작년 봄에 마음을 독하게 먹고 시베리아를 거
쳐 사할린섬에 다녀온 적이 있습니다. 그때 그곳에
서 보고 들은 것들을 게으름에 차일피일 미루어두
다 얼마 전에야 대충 정리를 끝냈습니다. 이곳에서
나머지 빈 곳들을 좀 생각해볼까 합니다.

조시마　사할린이라니, 대단한 곳에 다녀오셨군요.

체호프　대단한 곳이라기보다는 가혹한 곳이었지요. (잠시 말
을 고르다가) 신앙뿐만 아니라 모든 것이 불가사의해
보이는 곳이었습니다. 다른 무엇보다 하나님의 두려
움을 느낄 수 있는 곳이었지요.

조시마　(고개를 끄덕인 후) 하긴 제가 사제직을 받을 무렵에
는 그곳으로 지원하여 가고자 하는 사제들이 드물
었지요. 지금은 어떤지 모르겠습니다만.

체호프　그곳에서 신부님 몇 분을 만난 적이 있습니다. 그중
요제프라는 사제는 스물다섯 살이었는데 일곱 살
무렵 시력을 잃은 분이셨습니다. 모스크바 남쪽 노
보데비치수도원에서 사제 생활을 하다 사할린의 작
은 성당에 지원하여 오신 분이라고 들었습니다만,
사실 성당이라 말하기에도 민망한 작은 오두막이

그분의 거처였죠.

조시마 가장 빛나는 곳에서 가장 어두운 곳으로 스스로 걸어가다니……. 그와 같은 젊은 사제가 있다는 사실이 고맙고 감사할 뿐입니다.

체호프 죄수들의 사형 집행이 있기 전날 밤 참회 송별 의식을 치르는데, 그 사역에 유난히도 헌신하셨던 분이었습니다. 석 달 동안 하루도 빠지지 않고 교도소장의 축원을 빌어준 끝에 간신히 송별 의식을 허락받았다 하더군요. 그 덕분에 사형수들은 참회를 하며 생의 마지막 보드카 한 잔씩을 얻어 마실 수 있게 되었죠.

가브릴라 (슬그머니 끼어들며) 저도 언젠가 사할린에 다녀온 군인한테서 그곳에 사는 이민족에 대해 들은 적이 있습죠. 어이쿠, 돼지처럼 진흙 속에서도 아무렇지 않게 잠을 자고, 먹을 게 없으면 자신의 아이도 서슴지 않고 잡아먹는 도무지 상종 못 할 것들이라고 하던데. 참 대단한 곳에 다녀오셨습니다요. (이해할 수 없다는 듯이) 아무튼 참. 하나님은 저희를 만드셨으면 됐지, 왜 또 그딴 것들을 만들어놓으셨는지.

조시마 (꾸짖듯이) 가브류슈카, 그게 무슨 불경한 소리인가.

가브릴라 (놀라서) 아닙니다요. 제가 또 경솔한 소리를 지껄이고 말았습니다. 말씀 나누시지요.

체호프　　길랴크인이라고 부르는 사람들을 말하는 것 같습니다. 체구는 다 자라도 우리 러시아인 3분의 2 정도이며, 현지에서 군인들에게 밀을 받고 노역을 하기도 하지만, 대부분 숲속에서 자신들만의 고유한 생활을 하는 자들이지요. 하긴, 저도 그들이 인육을 먹는다는 소리를 들었지만 실제로 그런 것 같지는 않았습니다. 아마도 그들의 비참한 생활을 빗대어 누군가 꾸며낸 말일 테지요.

조시마　　(성호를 그으며) 언젠가 그들에게도 우리 주님의 자애로움이 함께하시지 않겠습니까?

가브릴라, 슬쩍 주위를 둘러본 다음 상자 뚜껑을 슬며시 연다.

상자 안을 들여다보는 가브릴라.

도무지 이해가 가지 않는다는 듯 고개를 갸웃거린다.

가브릴라, 상자 안으로 손을 집어넣어 쥐꼬리를 붙잡고 들어 올린다.

그것이 쥐라는 것을 확인하고는 소스라치듯이 상자 뚜껑을 덮는다.

박수를 치듯 손에 묻은 더러움을 털어내는 가브릴라.

조시마　　(소란함을 책망하듯이 뒤돌아보며) 도대체 뭐 하는 건가, 가브류슈카?

가브릴라　(둘러대듯이) 아닙니다, 그러니까 그게, 쥐……. 예, 다리에 그만 쥐가 나서…….

우스꽝스러운 모습으로 자신의 다리를 주무르는 가브릴라.

조시마, 못마땅한 표정으로 다시 고개를 돌려 체호프를 바라본다.

그때 마리가 찻잔이 놓인 쟁반을 들고 거실로 들어선다.

마리   오래 기다리셨어요. 이 차를 한 잔씩 드시면 드미트
리가 오지 않는 것에 대해서 아무런 지루함도 느끼
지 않으실 겁니다.

마리가 찻잔을 조시마와 체호프에게 건네는 동안, 가브릴라는 거실에
있는 사람들이 눈치채지 못하게 쥐가 든 상자를 자신이 앉아 있던 의
자 뒤쪽에 내려놓는다.

조시마   고맙습니다, 마리야 세르게예브나.

체호프   (향을 맡으며) 향기가 근사하군요, 마리.

마리, 만족스러운 표정으로 의자에 앉는다.

마리   파리에서 직접 가져온 차랍니다. 믿을 수 있는 사람
에게 구한 거니 틀림없을 거예요.

가브릴라   존경하는 마리야 세르게예브나, 찻잎의 기품 있는
향기가 온 거실을 가득 채워 제 몸에서 나는 비루한
냄새조차 은은하게 만드는 것 같습니다요.

마리, 못마땅한 얼굴로 가브릴라를 쳐다본 후 조시마를 향해 시선을
돌린다.

마리   신부님, 그런데 어쩐 일로 저희 집에 다…….

조시마 (찻잔을 내려놓으며) 아, 그렇지 않아도 지금 말씀드
리려던 참이었습니다. 오늘 제가 방문한 이유는 (고
개를 돌려 가브릴라를 쳐다본 후) 드미트리 페트로비치
실린에게 한 가지 부탁 말씀을 드리기 위함입니다.

마리   네? 부탁이라니요?

조시마 음……, 부군께서 들어오는 중이라고 하니 곧 말씀
드릴 수 있을 것 같군요.

마리   (불안한 느낌에) 혹 그이에게 부탁하실 말씀이 저기
저 '40인의 순교자'와 관련된 일이 아니었으면 좋겠
군요. 저자의 형편없는 얼굴을 보고 있자면…….

마리, 미간을 찡그리며 고개를 돌린다.

조시마 (난처한 표정으로) 마리, 당신이 가브류슈카에 대해
서 그러한 마음을 가지고 있는 것도 무리는 아니지
요. 그렇지만 그는 깊이 반성하고 있어요. 매일 아침
수도원에 찾아와 자신의 잘못을 반성하고 뉘우치는
것을 제가 보았습니다. 그리고 이렇게 하나님께서

그가 다시 새로운 사람이 되기를 바라고 계십니다. 드미트리와 마리의 도움으로 말이지요.

마리 글쎄요, 대관절 저자가 무엇이라고 신부님께서 대단하게 여기시는지 모르겠군요.

가브릴라 존경하는 마리야 세르게예브나, 저는 오로지 한 가지 원인 때문에 고통받고 있습죠. 그게 무엇인지는 하나님께 여쭤봐야 할 일이지만 말입니다. 물론 저는 아무짝에도 쓸모없는 폐인입죠. 하지만 믿어주세요. 저는 빵 한 조각도 없는 처지입니다. 저 저잣거리의 개보다도 못하지요……. (과장된 몸짓으로) 이 모든 게 다 그놈의 술 때문입니다. 하지만 믿어주신다면 제가…….

마리 그만!

가브릴라 용서하십시오, 마리야 세르게예브나.

조시마 마리, 저자는 이제 술을 한 방울도 마시지 않겠노라 하나님 앞에 맹세하였습니다.

마리 (코웃음 치며) 글쎄요. 모르긴 몰라도 저 작자는 하나님의 분노가 차오르는 것보다 술병이 비어가는 순간을 더 무서워할 것 같은데요. 아! 이런 말을 하다니, 신부님, 용서하세요. 그렇지만 제가 지금까지 몇 번이나 저자의 금주 약속을 들었는지 아신다면 신부님께서도 용서하시지 않고는 못 배길걸요. 원하신다면 저자가 입고 있는 허름한 바지를 보세요. 얼마나 숱하게 나와 드미트리 앞에 무릎을 꿇었는지 저 바지의 해진 옷감이 증명해 보일 테니. 그 약속들을 다 모으면 아마도 우리 농장의 모든 땅을 뒤덮고도 남을 겁니다. 하긴 거름으로 쓰기에도 역겨운 약속이라 땅을 다 갈아버려야 할 테지만 말이에요.

조시마 (억지웃음을 지으며) 머지않아 하나님께서는 드미트리와 당신의 자비로움에 분명 커다란 축복을 내리실 겁니다.

마리 하나님께서 허락하신다면 훗날의 축복보다는 지금의 안식을 원한다고 말씀드리고 싶군요. 용서하세요, 신부님. 그렇지만 우리가 받았던 고통을 생각해주세요. 또한 저자의 말에 속아야 했던 한 어리석은 계집아이를 생각하시고요. 물론, 캬쟈에게 문제가 없었다는 건 아니에요. 믿어주시리라고 생각하니 드리는 말씀이지만, 분별력이라면 이 마을에서 저를 당할 사람은 없답니다. 그런 만큼 저 역시 캬쟈를 두둔할 생각은 없어요. (혼잣말하듯이) 바보 같은 계집 같으니……. 욕정에 사로잡혀 혼담을 앞두고 저런 작자와 몰래 놀아나다니. (가브릴라를 힐긋 바라보더니) 돼지만큼의 분별력도 없는 계집아이 같으니라고.

가브릴라　존경하는 마리야 세르게예브나, 제 모든 것을 걸고 말씀드리건대 그건 오해입니다. 캬쟈는 그저 저를 동정했던 것이지요. 동정. 네, 그렇습니다. 그녀에게 분별력이 없었던 것은 사실일지 모르나, 동정심만큼은 이 마을 그 누구보다 가득했지요. 돼지를 바라보는 도축업자의 동정심. 단지 그게 그녀의 죄였을 뿐입니다.

체호프, 가브릴라의 말에 묘한 미소를 짓는다.

마리　보세요, 안톤. 저자가 저런 작자랍니다. 저 혀를 가지고 지금까지 얼마나 많은 사람을 속여왔을지 한번 생각해보세요. 신부님, 그이가 오기 전까지 더는 말씀드리지 않는 것이 좋을 것 같군요. 신부님께서 어떤 말씀을 하시든지 제가 만족하실 만한 대답을 드릴 수 없다는 건 분명해 보이니까요. 그렇지만 마지막으로 이 말씀은 드리고 싶군요. 술을 끊겠다고 말했던 저 작자가 올여름 어디에서 일했는지 말이에요. 아마 신부님도 이미 들으셨겠지만 말이죠.

조시마, 곤혹스러운 얼굴로 가브릴라를 쳐다본다.

가브릴라　마리야 세르게예브나, 그건 오해입니다. 작년 봄 이 곳 농장에서 쫓겨난 이후로 저는 술을 멀리하려고 무던히도 애썼습니다. 아무렴요. 그렇고말굽쇼. 제 입으로 말씀드리긴 송구스럽지만, 제 부친은 수도원에서 죽는 날까지 하나님을 위해 일하셨습죠. 원하신다면 여기 조시마 신부님께서 증명해주실 겁니다. (성호를 긋고 나서 혼잣말하듯) 아아, 도츠키 세베로프에게 주님의 가호가 있기를…… 그런 아버지가 제 꿈에 나타나 무슨 말씀을 하신 줄 아십니까? 아마 그 꿈 내용을 말씀드리면 마님께서도 제가 어떤 마음으로 술을 끊으려 했는지 충분히 공감하실 겁니다. 아무튼, 그래서 저는 그날 이후로 술을 한 방울도 입에 대지 않겠다고 마음먹었습니다요. 그리고 열심히 일자리를 찾으려고 노력했습죠. 그러나 아무도 저를 쓰려고 하지 않았습니다. 술을 입에 한 방울도 대지 않으려고 그렇게 노력했는데도 말입죠. 그러다 봄이 다 지나고 나서야 저를 믿어주는 곳을 발견할 수 있었습니다. 아아, 그러나 세상에, 하나님도 무심하시지. 그곳이 하필 양조장일 게 무엇이란 말입니까? 필시 의로운 욥이 하나님께 당했던 시험도 이것보다는 쉬웠을 겁니다. 아무렴요. 그렇고말 굽쇼.

체호프, 슬며시 웃음을 짓는다.

마리 신부님, 저 작자의 말은 더 들어볼 가치도 없군요. 필시 겨울이 다가오니 얼어 죽지 않기 위해 어딘가 기거할 곳을 찾다가 다시 우리 농장을 생각해낸 모양이지만, 분명 드미트리 역시 저와 같은 생각일 겁니다.

조시마, 아무 말 없이 천천히 차를 마신다.
잠시 적막이 흐른다.

조시마 (찻잔을 내려놓으며) 부군께서도 같은 생각이라면 어쩔 수 없는 일이겠지요. (고개를 돌려 가브릴라를 쳐다본 후) 가브류슈카, 아무래도 내가 내일 성찬식에 사용할 포도주를 시장에 놓고 온 것 같다는 생각이 드는군. 괜찮다면 농장 입구에 세워둔 마차에 가서 포도주가 제대로 실려 있는지 확인해주지 않을 텐가?

가브릴라, 다른 무슨 말을 하려다 마지못해 대답한다.

가브릴라 알겠습니다요, 조시마 신부님. 이 불쌍한 것의 하찮은 발걸음이라도 필요하시다면 그것으로 족한 일이겠지요.

가브릴라, 밖으로 나간다.

조시마, 가브릴라가 사라지는 것을 천천히 기다렸다가

조시마   (지극히 차분한 어투로) 마리야 세르게예브나, 좀 전에
도 들으셨겠지만, 가브류슈카의 아버지 도츠키 세
베로프는 저의 수도원에서 일했었죠. 제가 사제직을
받고 수도원에 올 때부터 도츠키는 수도원의 뒤치
다꺼리를 책임지고 있었습니다. 그는 비록 교육받지
못한 자였지만 하나님에 대한 믿음만큼은 누구보다
신실한 사람이었죠. 아마 모르긴 몰라도 가브류슈
카를 힘들게 신학교에 보낸 까닭 역시 그의 믿음이
만들어낸 결정이었을 겁니다.

마리   (믿을 수 없다는 듯) 저자가 신학교에 다녔다는 것이
사실이라고요?

조시마   믿기 힘드시겠지만 사실이랍니다. 비록 담배를 피운
일로 1년도 못 돼 퇴학당했지만 말이지요. (회상하듯)
충분히 미루어 짐작하시리라 생각되지만, 가브류슈
카가 신학교에서 퇴학당한 이후 도츠키는 깊은 상
심에 빠지고 말았습니다. 그렇게 믿음이 좋던 그가
술에 취해 소란을 피운 것은 그때가 처음이자 마지

막이었으니까요.

마리　하, 피는 어쩔 수가 없는가 보군요. 그렇지 않나요, 안톤?

체호프, 대답 대신 마리의 시선을 피하며 차를 마신다.

조시마　(낮은 목소리로) 마리야 세르게예브나, 괜찮다면 이 이야기를 좀 더 드리고 싶습니다만.

마리　어머, 죄송해요, 신부님. 말씀하세요. 죽은 자를 욕되게 하려는 마음은 없었답니다.

조시마　……그 이후 도츠키는 가브류슈카를 주교청 직속 성가대에 억지로 밀어 넣었지요. 물론 가브류슈카가 노래를 곧잘 하기는 했지만, 주교청 직속 성가대에 들어가는 일이 노래만 잘해서 될 일은 아니라는 걸 두 분도 아실 테지요. 그런 일을 도츠키는 거의 한 달 동안 이런저런 위치에 있는 신부들을 찾아가 거의 애원하다시피 매달려 성사시킨 것이었습니다. 그러나 가브류슈카는 거기서도 보란 듯이 두 달 만에 쫓겨나고 말았지요. 이번에는 흡연 때문이 아니라 그의 나약함 때문이었습니다. ……아들이 성가대에서 쫓겨난 후 그렇지 않아도 말수가 적었던 그는 필요한 말이 아니면 누구와도 이야기를 나누려 하지

않았습니다. (사이) 그리고 얼마 지나지 않아 도츠키
는 새벽안개 속에서 마차를 몰고 기차역으로 향하
다 도랑에 빠지는 사고를 당하고 말았습니다. (잠시
숨을 고른 다음) 그 사고 후 도츠키는 하루 동안 사
경을 헤맨 후 죽고 말았지요. 그의 갈비뼈가 폐를 찌
른 후 반대쪽으로 뚫고 나왔던 겁니다.

마리, 성호를 그으며 과장되게

마리   가난한 영혼에게 하나님의 은총이 있기를…….

조시마   그런데 그가 사고를 당해 목숨의 한 자락을 간신히
붙잡고 있을 때, 기차역에 도착한 젊은 신부는 오지
않는 마차를 기다리며 혼자 열에 들떠 맹렬하게 그
를 비난하고 있었습니다. 수도원을 떠나기 전은 물
론 그 이후 편지까지 보내어 몇 번이나 신신당부했
음에도 불구하고 마차는 나타나지 않았으니까요.
분명 깊이 잠들어버렸거나 아니면 애당초 철저히 자
신을 잊어버린 것이 분명하다며 젊은 신부는 도츠키
를 비난하고 있었습니다. 아니, 어쩌면 다른 나이 많
은 신부들에게는 더할 나위 없이 깍듯했던 그가 자
신을 어리게 보고 일부러 마중 나오지 않은 것일지
도 모른다는 생각이 들자 젊은 신부의 가슴속에는

점점 견딜 수 없는 분노가 차오르기 시작했습니다. 결국 두 손 가득 짐을 들고 걷기 시작한 젊은 신부는 수도원에 도착하기만 하면 그를 불러내어 많은 사람이 보는 앞에서 심하게 면박을 주겠노라 다짐하며 길을 걸었습니다. 어떻게 하면 그가 무안한 마음에 고개를 들지 못할 만큼 그의 태만을 상기시키고, 애절한 반성의 말을 내뱉을 수 있도록 보기 좋게 꾸짖을 수 있을까? 네, 그랬습니다. 그랬던 것이지요. 그리고 그렇게 반나절을 꼬박 걸어서 수도원에 도착했을 때에야 그는 마차가 오지 못한 까닭을 접할 수 있었습니다.

체호프   (잠시 침묵을 지키다가) 많이 괴로우셨겠습니다.

조시마   (미소를 지어 보이며) 글쎄, 괴로웠는지 부끄러웠는지 이제는 기억조차 못 하겠습니다. 오직 하나님만이 저의 그런 어리석은 마음을 잊지 않고 계실 테지요.

마리   그렇지만 신부님, 그건 분명히 신부님의 잘못이 아니랍니다.

조시마   물론 이치를 살펴 말하고자 한다면 누구의 잘못도 아닐 겁니다. 그렇지만 그 일로 도츠키가 죽은 것은 변함없는 사실이지요.

잠시 정적이 흐른다.

그날 밤, 저는 사경을 헤매고 있는 도츠키를 찾아갔습니다. 어떻게든 조금이라도 빨리 미안한 마음을 표해야 한다고 생각했지만, 어둠의 힘을 빌리지 않고서는 도저히 그의 얼굴을 볼 용기가 나지 않아 한참을 망설였던 것이지요. 도츠키의 방문 앞에서 의사의 비관적인 이야기를 듣고 나서도 한참을 망설인 후에야 저는 그의 침대 앞으로 걸어갈 수 있었습니다. 누군가가 수건으로 그의 눈을 가려놓고 있었던 것이 생각나는군요. (숨을 크게 내쉰 후) 말 그대로 도츠키는 사경을 헤매고 있었습니다. 고열에 들떠 입을 벌린 채 거친 숨을 내쉴 때마다 그의 구멍 난 가슴의 갈비뼈가 피부를 좌우로 조금씩 찢어내고 있었죠. 저는 파랗게 변한 그의 손을 잡아도 되는지 몰라 아무 말도 하지 못한 채 그의 얼굴을 내려다보았습니다. 그리고 그때, 도츠키가 신음하듯 무슨 말인가를 하고 있다는 걸 알고는 그의 얼굴에 급히 귀를 가져다 대어보았지요. 그는 거친 숨을 입 밖으로 밀어내면서 가브류슈카를 부르고 있었습니다. "가-브-류-슈-카, 가-브-류-슈-카." 그 마른 음성을 듣고서야 저는 도츠키에게 해줄 수 있는 일이 있을지도 모른다는 생각이 들었습니다. 그래서 곧장 문 앞을 지키고 있던 사제에게 가브류슈카의 행방을 물어보았죠. 그러나 수도원에 있던 그 누구도 그의 행방을 모르고 있었습니다. 다들 마을 어딘가에서 술에 취해 쓰러져 있을 거라는 생각을 하고 있었던 모양이지만, 어이없게도 그때까지 그를 찾아 나선 사람이 아무도 없던 모양이었습니다. (묘하게 웃고 나서) 이상하게 들리겠지만 그 사실을 알고는 내심 기뻤던 기억이 나는군요. (고개를 좌우로 흔들고 나서) 나는 아무래도 그런 인간인 모양입니다. (사이) 그길로 저는 마차를 내어 마을로 내려가 가브류슈카를 찾아다녔습니다. 내가 그를 찾아내어 도츠키에게 가야 한다. 내가 사경을 헤매고 있는 도츠키에게 그의 아들을 데려다주는 것이다. 마차를 모는 동안 오직 그 생각만 머릿속에 가득했습니다. 그러나 마을에 도착하여 이곳저곳을 돌아다녀보아도 가브류슈카를 찾을 수 없었습니다. 사제복을 입은 채 술집이라는 술집은 모두 들어가보았지만 그를 보았다는 사람은 아무도 없었지요. 그렇게 두 시간 가까이 돌아다녔을까. 제 머릿속엔 서서히 불길한 다른 생각이 들기 시작했습니다. 그 생각은 바로, 내가 이렇게 자신의 아들을 찾고 있다는 사실도 모른 채 어쩌면 도츠키가 이미 숨을 거두었을지도 모른다는 것이었죠. 그리고 그런 생각은 이내 저에게 좌절감과 함께

이상한 안도감을 불러일으켰습니다. 좌절감과 안도
감. 아시겠습니까? 절망스러운 마음과 다행스러운
마음이 함께 들었다는 것을? 그것을 어떻게 하면 두
분에게 정확히 전달할 수 있을까요? 누구를 통하면
두 분에게 그런 마음을 이해시킬 수 있을까요? 아마
불가능한 일이겠지요. (죄를 고백하는 사람처럼 성호를
긋고 난 후) ……그리하여 가브류슈카를 찾는 걸 포
기한 후 마차를 타고 다시 수도원으로 돌아왔던 것
입니다.

조시마, 눈을 감는다.
체호프와 마리, 말없이 조시마 신부를 바라본다.

마리　　차를 한 잔 더 가져다드릴까요, 신부님?

조시마　　(눈을 뜨며) 아닙니다. 본의 아니게 이야기가 길어지
　　　　고 있군요. (체호프에게) 안토니오 파블로비치 체호
　　　　프라고 하셨던가요?

체호프　　그냥 안톤이라고 부르십시오, 조시마 신부님.

조시마　　(웃어 보이며) 글을 쓰신다니 이제부터 제가 하는 이
　　　　야기를 자세히 들어주셨으면 합니다. 지루하다고 생
　　　　각하셔도 상관없습니다만, 오늘 두 분에게 처음으
　　　　로 하는 이야기라는 것을 기억해주셨으면 합니다.

그 끝이 얼마 남지 않았습니다.

체호프 홍미롭게 듣고 있다고 하면 실례가 될지도 모르겠습니다.

마리 그래서요? 그가 신부님 생각처럼 숨을 거두었나요? 마저 말씀해주세요, 신부님.

조시마 고통이 더욱 심해진 것은 분명하지만 도츠키는 아직 숨을 내쉬고 있었습니다. 수도원에 도착해보니 의사는 더 이상 손쓸 방도가 없어 이미 자신의 집으로 돌아간 모양이더군요. 도츠키를 지키고 있던 사제만이 문 앞에서 꾸벅꾸벅 졸고 있었습니다. 그러니까 오직 도츠키 그 자신만이 홀로 사경 앞에서 초라하게 흔들리고 있었던 것이지요. 부러진 갈비뼈가 더욱 깊숙이 그의 폐를 찌르게 될까 봐 붕대마저 이미 풀어놓은 상태였습니다. 숨을 내쉴 때마다 가슴의 벌어진 틈 사이로 피도 아니고 고름도 아닌 이상한 액체가 조금씩 흘러나와 연신 이불을 적시고 있었습니다. 저는 의자를 들고 가 그의 침대 곁에 앉았습니다. 그가 생각과는 다르게 살아 있다는 것을, 그러니까 내 생각이 보기 좋게 틀렸다는 것을 알게 되었지만 그건 이미 아무 상관없는 일처럼 느껴졌습니다. ……가브류슈카를 데려오지 못했다는 사실이 안타깝기는 하지만 적어도 이런 노력만은, 아니 이 마음

만은 하나님이 알아주실 거라고 뻔뻔스럽게 생각
하며 스스로 위안 삼지 않았기를 지금도 가끔 기도
하고는 합니다. (사이) 그날 밤, 새벽이 밝아올 때까
지 저는 도츠키를 지켜보았습니다. 숨을 내쉴 때마
다 입김이 얼음 조각으로 변해 가슴 어딘가에 박히
는 기분이었지만, 그 자리를 떠날 수는 없었습니다.
이윽고 새벽 미사가 시작되기 바로 직전, 그가 무언
가 웅얼거리는 소리를 입술 사이로 흘려보내기 시
작했습니다. 저는 자리에서 일어나 다시금 그의 얼
굴에 귀를 가져다 대어보았지요. 아니나 다를까. 그
것은 또다시 가브류슈카를 찾는 소리였습니다. 마
치 누군가의 옷자락을 애타게 붙잡듯 한 음절 한 음
절 고통스러운 마른 음성으로, 그러나 분명하게 그
는 자신의 아들을 찾고 있었습니다. 그리고 본능적
으로 나는 그것이 그의 마지막 순간이라는 것을 알
수 있었지요. (침묵) 왜 그랬을까요? 왜 그래야만 했
을까요? 순간 제 입에서는 제가 생각하지 못했던 소
리가 나오고 말았습니다. (무심하지만 긴장된 어투로)
"네, 아-버-지." (긴 사이) 말을 내뱉고 나서야 스스
로도 깜짝 놀란 저는 아무도 없는 주위를 다시 한
번 살펴보았습니다. 그리고 다시 도츠키를 내려다보
니 그가 제 말에 희미하게나마 반응을 하고 있다는

것을 알 수 있었습니다. 그의 핏기 없는 손등이 미세하게나마 움직이고 있었던 것이지요. 그러나 이미 어딘가가 부러져버린 팔은 미세하게 떨릴 뿐 그의 의지대로 뻗쳐질 리 없었습니다. (탄식하듯) 아, 왜 그랬을까요? 왜 그래야만 했을까요? 터무니없게도 저는 스스로 생각하지 않던 말을 또다시 내뱉고 말았습니다. "아버지, 저 여기 있어요. 제가 이렇게 아버지 곁에 있어요." ……그러고는 천천히 팔을 뻗어 죽은 사람보다 더 죽은 사람처럼 느껴지는 그의 거친 손 위에 제 손을 올려놓았습니다. 잠시 후, 거짓말처럼 도츠키는 '필사의 의지'를 다해 제 손을 움켜쥐려 했습니다. 그러나 여전히 그의 손은…… 초라하게 흔들리며, 흔들리며, 흔들릴 뿐이었습니다.

조시마, 자신의 손바닥을 한참 동안 내려다본다.
체호프와 마리, 쉽게 입을 열지 못한다.

조시마 (눈을 감으며) 그리고 그렇게 도츠키는 숨을 거두었습니다. 그가 진실로 자신의 아들이 곁에 있다고 믿었는지, 아니면 단지 죽음의 신호로 손등을 미세하게 움직였던 것인지 그것은 알 수 없습니다. 그렇지만 나는……, 도츠키가 자신의 얼굴을 감싼 수건 아

래에서 조용히 눈물을 흘리고 있었다고 지금도 믿
고 있습니다.

긴 침묵.

잠시 후, 현관문 쪽에서 가브릴라의 목소리가 들려온다.

가브릴라　　(광대 같은 몸짓으로 등장하며) 조시마 신부님, 존경하
　　　　　　　는 마리야 세르게예브나. 드미트리 페트로비치 실린
　　　　　　　께서 들어오고 계십니다. 헤헤.

거실에 있던 세 사람은 말없이 가브릴라를 바라본다.

자신을 바라보는 그들의 표정에 잠시 당혹해하는 가브릴라.

실린, 모자를 벗으며 거실로 들어선다.

핏기 없는 얼굴로 조시마 신부와 체호프를 번갈아 바라보는 실린.

미소를 지어보려고 얼굴 근육을 움직인다.

암전.

2장

> "사람은 헛것 같고
>
> 그의 날은 지나가는 그림자 같으니이다."
>
> _시편 144편 4절

밤. 실린의 집 거실.

술병이 놓인 테이블 앞에 앉아 있는 체호프와 실린.

벽난로 속 불길의 그림자가 거실에 일렁거린다.

두 사람, 침묵 속에서 술잔을 기울인다.

실린　　　(술잔을 입에 털고 나서 침묵을 깨듯) 자, 이제 일이 어떻게 진행될 것 같습니까?

체호프, 질문의 의미를 파악하려는 듯 실린을 쳐다본다.

체호프　　　(손에 쥔 술잔을 돌리며) 글쎄요. 무슨 말씀이신지.

실린 당신도 내가 무모한 결정을 내렸다고 생각합니까?

체호프, 질문의 의미를 알아차리지만 대답하기 어렵다는 듯 망설인다.

체호프 당신의 자비로움이 기억되기를 바라고 있습니다만, 일의 진행 상황을 볼 때 꼭 그렇게 하지 않으셔도 되지 않았을까 싶습니다만……

실린 (묘하게 웃으며) 그렇지요? 역시 마리를 좀 더 생각해야 했던 것이겠지요? 그러나 재미있지 않습니까? 무모함에는 어떤 재미 같은 것이 들어 있는 법이지요. 아무도 자비로운 마음으로 주사위를 던지지는 않는 법이니까요.

체호프, 대답하지 않는다.
실린, 그런 체호프를 무표정한 얼굴로 잠시 바라본다.
체호프와 눈이 마주치자 급히 만면에 미소를 지어 보이는 실린, 술병을 들어 술잔을 채운다.

실린 (화제를 돌리듯이) 그래, 그건 그렇고 페테르부르크에서의 생활은 어떠신지요? 여전히 그곳은 활기가 넘치겠죠?

체호프 (웃어 보이며) 대도시 생활의 불안함에 대해서라면 잘 알고 계시지 않습니까? 몸의 편안함을 위해서 마음의 불편함을 감수하고 있는 것뿐이지요.

실린 하하, 그 심정이라면야 누구보다 제가 잘 알지요.

체호프 ……하나 어쩌면 이 불편함이야말로 저를 움직이게 만드는 힘이 아닐까 합니다. 올여름 콜레라도 그렇고, 작년의 대기근도 그렇고 하루하루를 견디고 있는 농민들을 바라보고 있노라면 제가 받아들여야 하는 마음의 불편함이란 그저 어린아이의 투정과 같은 것이겠지요. 부끄러운 일입니다.

실린 부끄럽다니요. 당신이 지식인으로서 농민과 난민 들을 구제하는 사업에 누구보다 열정적이라는 것을, 또 의사로서 방역 사업에 헌신하고 있다는 사실을 모르는 이는 없을 겁니다. 요즘과 같은 세태에 그런 헌신이야말로 진정 무엇과도 비교할 수 없는 고귀한 일이지요.

체호프 아닙니다. 헌신이라니요. 저에게 가장 어울리지 않는 말씀을 하시는군요.

체호프, 당혹스러운 표정을 감추려 술잔을 들어 한 모금 마신다.

실린 하하, 마치 어린아이 같은 표정을 지어 보이시는군요. 오, 당신을 깎아내리고자 하는 말이 아니니 오해는 마시기 바랍니다. (약간 정색을 하며) 정말입니다. 아니, 오히려 나는 당신의 그러한 면을 존경하고 있습니다. 네, 바로 그렇습니다. 당신의 그 순수한 모습이야말로 내가 관리들의 얼굴에서 보고자 했지만 단 한 번도 보지 못한 표정이며, 바로 그 점이 내가 그들을 혐오하는 이유이기도 하지요.

체호프, 말없이 손에 든 술잔을 천천히 돌린다.

실린　　그들로 말할 것 같으면 진정 농민들의 옷가지를 훔쳐 가는 도둑이요, 지식인들의 선한 의지를 좀먹는 벌레 같은 존재이지요. 말해 무엇 하겠습니까. (비웃듯이) 하긴 어떤 의미에서 이제 진정한 지식인은 존재하지 않는지도 모르겠습니다. 그들도 뒤에서는 모두 고급 관리가 되고자 뒷돈을 대고 있으니까요. 감히 말하건대 러시아에 호밀이나 밀은 지천이지만 지성인은 좀처럼 드문 세태가 되어버린 지도 오래입니다. (술잔을 들어 한 모금 마시고 나서) 그러면서 그들은 하루의 끼니를 감당하느라 허리조차 펴지 못하는 농민들의 머리 위에서만 교양을 떠들어대는 것 아닙니까? 참 허울 좋은 일이지요. (조금씩 흥분하며) 예술가들은 또 어떻습니까? 그들은 두말할 나위도 없는 이 시대의 잉여일 뿐이지요. 제정신이 박힌 인간이라면 고결한 정신은 사라지고 우스꽝스러운 제스처만 남은 시대가 되어버렸다는 것을 인정하지 않고는 못 배길 겁니다. 보십시오. 투르게네프가 죽은 지 10년밖에 지나지 않았습니다만, 그와 같은 예술가들을 바라는 게 이제는 참 요원한 일이 되어버리지 않았습니까? 아마 100년이 지나도 그처럼 농민들의 고통을 대변하고자 하는 예술가는 두 번 다시 나타나지 않을 겁니다. (무엇인가 결례를 했다는 마음에) 아! 이런, 이런. 방금 한 말은 취소해야겠군요. 어쩌면 안톤 파블로비치 체호프, 바로 당신이 농민들의 진정한 대변자가 될지도 모르는 일이니까요. 안 그렇습니까?

체호프 무덤 속 투르게네프가 자리를 박차고 일어날지도 모르겠군요. 먹고살기 위해 하릴없이 우스꽝스러운 콩트나 써대고 있는 저에게 그런 말씀은 가당치도 않습니다.

실린 아닙니다. (탁자 위에 놓인 원고를 들어 올리며) 아직 완전히 읽어보지 못했으나 저는 이 글에서 그런 가능성을 분명히 보게 될 것 같습니다. 사할린까지 가서 죄수와 농민 들의 비참한 상황을 기록으로 남겨놓는다는 것은 보통의 인간이 할 수 있는 일이 아니지요. 아무렴요. 여기에는 분명 어떤 순수한 의지가 담겨 있다는 것을 저는 알 수 있습니다. 아마도 그것은 예술가로서의 사명과도 같은 일이겠지요.

실린의 취기 섞인 과한 칭찬에 민망해하는 체호프.
그때 부엌에서 마리가 과일 쟁반을 들고 거실로 들어선다.
거실 중앙으로 걸어와 탁자 위에 과일 쟁반을 내려놓는 마리.
실린, 마리의 등장과 함께 열에 들떠 이야기하던 표정이 사라진다.
시선을 돌려 창밖을 물끄러미 바라보는 실린.

마리　　　드시면서 말씀 나누시지요.

마리, 말을 끝낸 후 등을 돌려 퇴장하려 한다.

체호프　　(급히) 아니, 마리도 같이 드시지요.

마리　　　(몸을 돌려 체호프를 보며) 아니요. 저는 아직 해야 할 일이 남아 있답니다. 제 손이 닿지 않으면 안 되는 일들이 이렇게 많다는 것이 얼마나 행복한 일인지 안톤은 모르실 거예요. (묘한 웃음을 짓다가 이내 웃음기를 거두고) 더군다나 해야 할 일이 남아 있기를 바라는 사람도 있을 테니까 오늘은 두 분이서 재미있게 이야기 나누시지요.

어색한 정적이 거실을 떠돈다.

체호프   (어색함을 깨려는 듯 과장된 목소리로) 늘 이곳에 올 때마다 마리야 세르게예브나의 피아노 연주를 떠올리면 발걸음이 빨라지고는 했는데 오늘 밤에는 들을 수 없을 것 같군요. 참으로 아쉽습니다.

실린   (창밖을 보다가 고개를 돌리며) 아닙니다. 듣고 싶으시다면 들으셔야죠. (마리를 보며) 어때요, 마리. 안톤을 위해 한 곡 쳐보는 것. 이 집에 피아노 소리가 끊긴 지도 꽤 되지 않았습니까? 오늘 밤이 바로 선율을 이어 붙일 알맞은 시간이라고 나는 생각하는데요.

마리, 아무 대답 없이 서 있다.

체호프   (과장되게 웃으며) 하하, 아무래도 밤이 너무 깊었으니 다음에 들어도 괜찮을 듯합니다. 오늘만 날이 아니지 않겠습니까?

실린   아닙니다. 오히려 밤이 깊었으니 피아노 소리도 마리의 솜씨보다 깊게 울려 퍼지지 않겠습니까? 어때요, 마리? 안톤을 위해서 그 가늘고 하얀 손가락을 건반 위에 올려놓아보는 것.

말없이 실린을 바라보는 마리.

마리   안톤이 원하신다면 서툰 솜씨로나마 한 곡조 쳐보
도록 하지요. (실린에게서 시선을 떼지 않은 채) 듣고
싶은 곡이라도 있으신지요, 안톤 파블로비치 체호프
선생님?

체호프   (당황하며) 마리야 세르게예브나가 치시는 곡이라면
어떤 곡이라도 상관없습니다.

실린   밖에 밤안개가 자욱하게 피어올라 있으니 쇼팽의
〈환상곡〉이 어떻겠습니까? 쇼팽으로 말할 것 같으
면 너무 자기애에 빠져 감상적인 느낌이 없지 않지
만, 이 밤에 듣기에는 나쁘지 않을 듯싶은데요.

체호프   (과장되게 동조하며) 좋습니다. 아니, 좋은 정도가 아
니라 저 창밖에 일렁이는 밤안개와 벽난로의 흔들리
는 불빛들을 바라보고 있자니 이보다 더 좋은 선곡
은 없을 것 같군요.

마리, 시선을 돌려 체호프를 한 번 쳐다본 후 피아노 앞으로 간다.
천천히 피아노 뚜껑을 연 뒤 손가락을 건반 위에 올려놓는 마리.
잠시 호흡을 가다듬고 연주를 시작한다.
모차르트의 〈터키 행진곡 —3악장 론도〉이다.
거칠고 빠르게 피아노를 연주하는 마리.

당황하는 기색이 역력한 체호프와 무표정하게 연주를 듣는 실린.

마리, 갑자기 건반을 내려쳐서 선율을 뭉개버린다.

자리에서 일어난 마리가 뒤돌아서서 체호프와 실린의 중간쯤을 바라본다.

마리　　　　죄송해요. 지금 생각나는 게 이 곡밖에는 없군요. 그것도 끝까지 생각나진 않지만. (사이) 오늘은 이걸로 만족해주시겠어요?

체호프　　　(당황하며) 아닙니다. 훌륭한 연주였습니다.

실린　　　　(웃음기 없는 담담한 표정으로) 그렇지요. 역시 한번 타고난 감각이라는 것은 어디로 사라지지 않는 모양입니다. 이 밤에 이런 씩씩하고 경쾌한 선율이라니. 저 창밖에 떠도는 음습한 밤안개를 모두 걷어내고 있는 것 같지 않습니까?

마리, 시선을 조금 움직여 실린의 얼굴을 경멸스럽게 쳐다본다.

마리　　　　이야기들 나누시지요. 저는 이만.

마리, 몸을 돌려 부엌 쪽으로 퇴장한다.

마리가 사라지는 것을 바라보는 체호프와 실린.

긴 침묵.

체호프, 정적을 견디지 못하고 자리에서 일어나 창 쪽으로 걸어간다.

체호프   (침묵을 깨려는 듯) 정말 밤안개가 자욱하군요. 불을 밝혀도 어둠 때문이 아니라 안개 때문에 아무것도 보이지 않을 것 같습니다.

실린   ……말 좀 해보시오, 친구. 무시무시하거나 비밀스럽거나 환상적인 이야기를 할 때, 우리는 어째서 실제 인생으로부터가 아니라 저 밤안개 속을 떠돌고 있을 법한 유령이나 저승 세계에서 소재를 취하는 것일까요?

체호프, 대답할 말을 쉽게 찾지 못하다가 조심스럽게 입을 연다.

체호프   아마도 이해할 수 없으니까 무서운 걸 테지요.

실린   (이의를 제기하듯) 아니, 그렇다면 인생은 이해가 되시오? 말해봐요. 그래, 당신은 저승 세계보다 인생을 더 잘 이해한다고 생각합니까?

체호프, 대답하지 못하고 창밖을 내다본다.

실린   이상하게 들리겠지만, 나는 우리 인생이나 저승 세계나 매한가지로 불가해하고 무섭습니다. 유령을 두려워하는 자라면 나도, 저 불빛들도 그리고 저 하늘도 두려워해야 마땅하지 않겠습니까? 왜냐하면 이 모두가, 잘 생각해보면 저승의 망령들만큼이나 불가해하고 환상적이니까. 아마 모르긴 몰라도 햄릿 왕자가 자살을 하지 않았던 이유는 혹시나 죽음 뒤에도 꿈속에서 망령들이 나타날까 봐 두려웠기 때문일 것입니다. 그의 유명한 독백을 좋아하긴 하지만, 솔직히 말해서 그것이 나를 진정으로 감동시킨 적은 없어요. (술을 한 모금 마시고 나서) 당신이 친구라서 고백하지만, 나는 이따금 괴로울 때면 나 자신이 죽는 순간을 머릿속으로 그려보곤 합니다. 나는 공상 속에서 암울하기 그지없는 수천 개의 장면을 만들어냈고 이것들이 나를 고통스러운 광란으로, 한마디로 말해 지옥으로 이끈 적도 있어요. 하지만 단언컨대 그것이 현실보다 더 무섭지는 않았어요. 유령이 무서운 건 사실이지만 그러나 현실도 무섭습니다. 친구, 나는 삶을 이해하지 못할 뿐 아니라 두려워해요. 어쩌면 나는 환자이거나 어딘가 잘못된 인간인지도 모르죠. 정상적이고 건강한 인간은 자기가 보고 듣는 모든 것을 어느 정도 이해한다고 여길 테니까. 하지만 나는 이 '어느 정도'라는 느낌을 잃어버린 채, 하루하루 공포에 중독되어가고 있어요. '광장

공포'라는 병도 있지만, 나의 병은 삶에 대한 공포지
요. 풀밭에 누워서, 어제 막 태어나 아무것도 모르는
작은 딱정벌레를 한참 동안 보고 있으면 그 벌레의
삶이 끔찍한 일로 가득 찬 것 같고 그 미물에서 나
자신의 모습을 발견하고는 합니다.

체호프, 창밖을 바라보다가 뒤돌아서서 실린을 쳐다본다.

체호프 정확히 뭐가 무서운 겁니까?

실린 모든 것이 무서워요. 나는 천성이 심오한 인간이 못
되는지라 저승 세계니 인류의 운명이니 하는 문제
에는 별로 흥미가 없어요. 뜬구름 잡는 일에는 도무
지 소질이 없다는 얘깁니다. 내가 가장 무서워하는
것은 진부함이에요. 왜냐하면 우리 중 어느 누구도
거기에서 벗어날 수 없기 때문이지요. 내 행동 중에
서 무엇이 진실이고 무엇이 거짓인지 가려낼 능력이
없다는 사실은 나를 전율하게 만들어요. 생활환경
과 교육이 나를 견고한 거짓의 울타리 안에 가두어
놓았다는 걸 나는 압니다. 내 일생은 자신과 타인을
감쪽같이 속이기 위한 나날의 궁리 속에서 흘러갔
다고 해도 과언이 아니지요. 나는 죽는 순간까지 이
런 거짓에서 벗어날 수 없다는 생각 때문에 무섭습

니다. 오늘 나는 무엇인가를 하지만 내일이면 벌써 내가 왜 그 일을 했는지 이해할 수 없게 돼요. 나는 페테르부르크에서 직장 생활을 시작했다가 겁을 먹고 이리로 왔지요. 그렇습니다. 바로 겁이지요. 관리들을 혐오하는 것은 사실이지만 혐오보다 더 크게 나는 내 자신의 생각으로부터 겁을 먹고 있었던 것이지요. 그래서 농장 경영에 손을 댔지만 이 역시 겁이 납니다……. 내 생각에 우리는 아는 것이 거의 없어요. 그렇기 때문에 매일 실수를 저지르고 옳지 못한 짓을 하며 서로 비방하고 남의 일에 끼어드는 겁니다. 사는 데 방해만 되는 불필요하고 시시한 짓거리들에 우리는 자신의 힘을 소진합니다. 이것이 무섭습니다. 왜냐하면 이 모든 일이 무엇을 위해서, 누구를 위해서 필요한 것인지 나는 이해할 수 없으니까요. 친구, 나는 사람들을 이해하지 못할뿐더러 두렵습니다. 나는 농부들 보기가 두려워요. 무슨 대단하고 고상한 목적이 있기에 저들은 괴로워하는지, 저들이 무엇을 위해서 사는지 나는 모르겠어요. 만약에 인생의 목적이 쾌락에 있다면 저들은 이미 불필요한 여분의 인간들입니다. 그것이 아니라 인생의 목적과 의미가 가난과 절대적인 무지 속에 있는 것이라면, 이런 가혹한 심판이 누구를 위해 필요한 일

인지 나는 모르겠어요. 나는 아무도, 아무것도 이해
할 수 없어요.

체호프, 술기운과 불안한 상념에 가득 차 있는 실린을 바라본다.
그때 가브릴라가 현관문을 열고 거실로 들어선다.
가브릴라, 모자를 벗어 들고 공손한 모습으로 거실 입구에 멈춰 선다.

가브릴라　　헤헤, 나리. 역시 아직 주무시지 않고 계시는군요. 창
　　　　　　밖에서 바라보니 체호프 선생님의 그림자가 보이기
　　　　　　에 아직 주무시지 않고 계시리라 생각했습니다.

체호프와 실린, 말없이 가브릴라를 쳐다본다.
가브릴라, 두 사람의 침묵 어린 시선에 당황한다.

가브릴라　　(더듬거리며) 에 또…… 그러니까 다름이 아니라, 다
　　　　　　시 한 번 감사의 말씀을 드리기 위해서 이렇게 찾아
　　　　　　왔습니다. (더욱 공손하게 모자를 든 손을 가지런히 모
　　　　　　으며) 아까도 물론, 나리의 너그러운 결정에 진심으
　　　　　　로 감사 말씀을 드렸던 것 같지만, 자리에 누워 곰
　　　　　　곰이 돌이켜 생각해보건대 제가 무엇인가 진정 저
　　　　　　마음 깊은 곳에서 진액처럼 우러나오는 감사의 표
　　　　　　현을 미처 다하지 못한 것 같아서 말입니다. 헤헤.

그래서 도무지 자리에 그대로 누워 있을 수가 없지
않겠습니까. (고개를 숙이며) 드미트리 페트로비치 실
린, 다시 한 번 진심으로 나리의 결정에 감사드립니
다. 물론 조시마 신부님의 얼굴을 봐서 저를 받아주
셨다는 걸 알고는 있지만, 그래도 나리께 크나큰 은
혜를 입었음을 거듭 이렇게 똑바로 말씀드리는 바입
니다. 고맙습니다, 나리. 나리께서 한 생명을 구해주
셨습니다. 아마도 우리 주님께서 이러한 나리의 친
절함을 잊지 않고 기록해두실 겁니다요. 아무렴요.
그렇고말굽쇼.

우스꽝스러울 정도로 공손한 말투를 구사하려고 애쓰는 가브릴라.
체호프와 실린, 아무런 대꾸 없이 그를 쳐다본다.

가브릴라   (눈치를 살피다가) 저기, 그런데 나리, 아까 조시마 신
부님에게 듣자 하니 열흘간 저를 두고 본 후에 완전
히 이곳에서 겨울을 보낼 수 있을지 없을지를 결정
하시겠다고 하셨다는데 말입니다. (미적거리다가 간신
히 입을 열며) ……그것이 혹시 제가 술을 한 방울도
마시지 않는다는 걸 증명해야 한다는 의미인지요?

가브릴라의 말에 실린의 얼굴이 일그러진다.

실린, 이내 탄식하듯 가브릴라를 손으로 가리키며

실린　　　（체호프에게 소리치듯) 저자를 한번 보세요! 당신은
　　　　　　저자를 이해하시겠습니까?

가브릴라, 실린의 말에 급히 몸을 움츠린다.
체호프, 아무 대답 없이 다시 몸을 돌려 창밖을 바라본다.
실린, 절망적인 표정으로 쓴웃음을 지어 보이며

실린　　　나는 도무지 아무도, 아무것도 이해할 수 없어요.

가브릴라, 상황이 자신의 의도와는 다르게 흘러가자 당황한다.

가브릴라　저는 항상 훌륭하신 나리들을 충실하게 섬겼습죠.
　　　　　　문제는 늘 제가 아니라 술이었습니다요. 만약에 불
　　　　　　쌍한 이놈을 굽어살펴서 일자리를 주신다면 지금
　　　　　　당장이라도 목숨을 걸고 하나님께 맹세하겠습니다.
　　　　　　다시는, 다시는 술을 먹지 않겠다고요!

실린, 이내 얼굴에서 웃음기를 거두어들인다.

실린　　　（기운 없이) 알겠소. 일단 열흘 동안 이곳에 머물러도

좋다고 했으니, 오늘은 그만 가보도록 하시오. 그 다음은 어떻게 되나 두고 봅시다.

가브릴라   (고개를 주억거리며) 고맙습니다요, 나리. 절대로 나리를 실망시키지 않도록 하겠습니다요.

가브릴라, 허리를 굽혀 인사한 뒤 현관 밖으로 나간다.
체호프, 여전히 창밖을 바라보고 있다.

체호프   겨울이 오려나 봅니다. 밤은 말들의 눈처럼 깊어지고, 새벽이슬은 이제 얼어붙어버리겠지요.

실린, 길게 한숨을 내쉰다.

실린   아무것도 아닌 것처럼 보이는 평범하고 일상적인 생각들에 내가 얼마나 겁내고 있는지 당신은 모를 겁니다. 방금 전 가브류슈카의 모습에서도 나는 오히려 겁을 먹었습니다. 그자를 당신은 이해할 수 있습니까? 이해할 수 없는 것들에 공포를 느끼지 않는다는 것을 나는 상상할 수도 없습니다.

체호프   (등을 돌려 실린을 보며) 그렇지만 당신에게는 착한 부인과 예쁜 아이들이 있지 않습니까?

다시 쓴웃음을 짓는 실린.

실린   모두가 하는 말을 당신도 나에게 하시는군요. 사람들은 내가 무척 행복하다고 생각하고 나를 부러워합니다. 뭐, 이왕 말이 나왔으니 당신한테만 이야기하지요. 나의 행복한 가정생활이란 사실 서글픈 오해에 불과합니다. 나는 가정이 두려워요. (사이) 나는 내 두려움을 생각하지 않으려고 누구보다 일에 몰두합니다. 밤에 깊이 잠들기 위해서 농장 일로 자신을 혹사시키는 것이죠. 그 덕분에 애들과 아내가 다른 사람들에게 문제될 일은 없겠지요. 결국 나는, 아무도 나를 모르는 인간이 되어가는 것으로 이 가정을 지킬 수 있을 뿐입니다. 그리고 이걸 행복이라고 부른다면 어쩔 수 없는 것이겠죠.

실린, 다시 술잔을 비운다.
체호프, 자신의 자리로 돌아와 실린을 바라본다.

체호프   밤이 깊었고, 많이 드셨습니다. 술이 하는 말을 따라갈 필요는 없습니다, 드미트리.

실린   (급히) 당신은 나의 진실한 친구예요. 나는 당신을 믿고 깊이 존경합니다. 하늘이 우리에게 우정을 선

사한 이유는 서로 허물없이 말을 털어놓음으로써
우리를 압박하는 비밀의 고통으로부터 벗어나게 하
려는 게 아닐까요. 괜찮다면, 나에 대한 당신의 호의
를 믿고 모든 진실을 털어놓고 싶습니다. 당신이 보
기에 그토록 행복할 것 같은 나의 가정생활이라는
게 사실은 나의 가장 큰 불행이자 공포입니다. 나의
결혼은 기묘했고 어리석었습니다. 결혼하기 전에 나
는 머리를 미칠 듯이 사랑했습니다. 2년 동안 그녀
를 쫓아다녔어요. 나는 그녀에게 다섯 번이나 청혼
을 했지만 나에게 전혀 관심이 없었던 그녀는 매번
거절했습니다. 여섯 번째에는 사랑에 몸이 단 나머
지 그녀 앞에 무릎을 꿇고 흡사 구걸하듯 매달리며
청혼했고 결국 그녀는 승낙했습니다. (사이) 그녀는
나에게 이렇게 말했어요. "당신을 사랑하지는 않지
만 정숙한 아내가 되겠어요"라고……. 나는 그런 조
건조차도 감지덕지하며 받아들였지요. 그때는 그 말
이 무슨 뜻인지 이해했어요. 하지만 지금은 귀신이
잡아가도 이해를 못 하겠습니다. "당신을 사랑하지
는 않지만 정숙한 아내가 되겠어요." 이게 무슨 뜻입
니까? 밤안개처럼 모호한 얘기지……. 나는 지금도
신혼 첫날과 마찬가지로 그녀를 사랑합니다. 하지
만 그녀로 말하면, 내가 보기에는 그때처럼 무관심

한 데다 내가 집을 비우면 기뻐하는 것 같습니다. 어쩌면 나는 그녀가 나를 사랑하는지 아닌지를 모를 뿐이겠죠. 네, 몰라요. 모르겠습니다. 하지만 그래도 우리는 한 지붕 아래서 서로 여보라고 부르며 같이 잠을 잤고 아이를 가졌고 재산도 공동명의로 했단 말입니다……. 이런 것들이 무엇을 뜻하는 거죠? 그래서 어쨌다는 거죠? 친구, 당신은 뭐든 이해가 됩니까? 빌어먹을, 지독한 고문이야!

실린, 말을 멈추고 고개를 숙인다.

실린   ……우리 관계에 관한 그 무엇도 내가 이해하지 못한다는 것, 바로 그 점 때문에 나는 그녀를 증오하고, 나 자신을 증오하고, 우리 둘 다를 증오합니다. 내 머릿속은 온통 뒤죽박죽이에요. 나는 이렇게 스스로를 괴롭히면서 바보가 되어가는데, 그녀는 마치 약을 올리기라도 하듯 날이 갈수록 예뻐지고 우아해진단 말이죠. 그녀의 머릿결은 눈부시고 그 미소로 치면 어떤 여자도 못 따라오지요. ……나는 그녀를 사랑합니다. 벌써 두 명의 자식을 낳아준 여자를 절망적으로 사랑하다니! 그러니 이해가 가겠습니까? 무서운 일 아닌가요? 그래, 이것이 유령보다 덜 무서운가요?

실린, 고개를 들어 체호프를 바라본다.

체호프, 자신이 할 수 있는 말을 찾지 못한다.

이내 담담한 표정을 지어 보이며 다시 술잔을 비우는 실린.

술잔을 탁자 위에 놓아둔 후 자리에서 일어난다.

실린   결국 술이 하는 말을 따라가고 말았군요. 미안합니다, 친구. (사이) 저 먼저 실례하겠습니다.

체호프   ……네. 편히 쉬시지요.

실린, 발걸음을 옮기다 뒤를 돌아보며

실린   그나저나 이제 일이 어떻게 진행될 것 같습니까?

체호프   ……일이 어떻게 진행되길 바라십니까?

실린   (슬며시 웃으며) 질문에 질문으로 대답하는 건 여전하시군요. 그게 당신의 매력입니다.

실린을 바라보던 체호프의 시선이 술잔으로 향한다.

실린   (무표정한 얼굴로) 주사위가 손에서 빠져나와 허공에 멈추어 있을 때, 그 순간만큼 아름다운 것은 없습니다. 진정 그렇지요. 그 짧은 순간이야말로 인생이 누구의 것도 아닌 오로지 자기 자신의 것이 될 수 있으니까요. 바닥에 굴러떨어져 숫자가 나오는 것은 사실 아무 소용이 없습니다. 높은 숫자든 낮은 숫자든 그것은 그걸로 승부가 끝났다는 것을 의미하니까요.

체호프, 손에 든 술잔에서 시선을 떼지 않는다.

실린 제가 말이 많았습니다. 먼 길 오시느라 피곤하실 텐데, 편히 주무시지요. (탁자 위에 놓인 체호프의 원고를 쳐다본 후) 여기서 당신이 저 원고를 마무리 짓는다면 나로서도 대단한 영광이 될 것 같습니다.

체호프 (고개를 들며) 언제나 처음처럼 환대해주셔서 고맙습니다. 안녕히 주무시지요.

거실을 나서는 실린.
홀로 남은 체호프, 들고 있던 술잔의 술을 다 비운다.
무거운 정적 뒤로 벽난로의 불길만이 거실에 일렁거린다.
암전.

3장

"재난을 당할 사람이 누구며, 근심하게 될 사람이 누구냐?

다투게 될 사람이 누구며, 탄식할 사람이 누구냐?

까닭도 모를 상처를 입을 사람이 누구며,

눈이 충혈될 사람이 누구냐?"

_잠언 23장 29절

낮. 실린의 집 거실.

체호프, 의자에 앉아 잠들어 있다.

그의 무릎 위에는 쓰다 만 원고가 놓여 있다.

사할린에서 있었던 일들을 꿈꾸고 있는 체호프.

잠시 후, 마리가 차 쟁반을 들고 거실로 들어선다.

체호프가 잠들어 있는 것을 확인한 마리, 찻잔을 탁자 위에 조용히 올려놓고 밖으로 나가려 한다.

체호프   (마리가 등을 돌려 몇 걸음을 옮긴 순간) 말씀해주시지요, 신부님. 인간에게 선이란 도대체 무엇입니까?

마리, 체호프의 잠꼬대에 깜짝 놀라 뒤를 돌아본다.

마리　　　네? 뭐라고 하셨나요?

체호프, 마리의 목소리에 잠에서 깬다.

체호프　　(눈을 뜨며) ……마리.

멋쩍어하며 의자에 파묻었던 몸을 일으키는 체호프.

체호프　　제가 잠시 잠들었나 봅니다.

마리　　　죄송해요. 저 때문에 깨셨나 보네요. ……저에게 뭘
　　　　　　물어보시는 줄 알고.

체호프　　네?

마리　　　그게, 조금 전에……. 아니에요, 아무것도. (사이) 어
　　　　　　제 잠을 충분히 못 주무신 모양이에요.

체호프　　아무래도 술이 좀 과했나 봅니다.

마리　　　(찻잔을 가리키며) 따뜻한 차라도 한잔 드셔보시지요.

체호프　　마치 제 마음을 읽고 계신 듯하군요. 그렇지 않아도
　　　　　　목이 마르던 참이었습니다.

마리　　글쎄요. 정말로 당신 마음을 읽을 수 있다면 얼마나 좋겠어요.

체호프, 찻잔을 들다 마리를 바라본다.
시선을 피하는 마리, 천천히 체호프의 건너편 의자로 걸어와 앉는다.
차를 마시는 체호프.

체호프　어제도 말씀드렸지만 이 향기는 정말 기품이 있군요. 향이 오롯하게 살아 있으면서도 마시는 사람을 함부로 휘감지 않으니 말입니다. 마치 5월의 풀밭 위에 정숙하게 앉아 있는 귀부인의 모습 같습니다.

마리　　(감탄하며) 역시 작가의 표현은 다른 것이군요. 어렵게 구한 보람이 이제야 생기는 것 같네요. ……글쎄 드미트리는 이 차 한 통이면 호밀이 다섯 가마니라고 무안을 주는 게 아니겠어요. 그것도 상인들이 보는 앞에서 말이죠. 물론 저에게 직접 한 이야기는 아니었지만. ……하긴 그 사람은 제 눈을 보며 그런 핀잔을 쏘아붙일 용기도 없답니다.

체호프　(화제를 바꾸며) 이반이 많이 보고 싶으시겠습니다. 아직도 페테르부르크 백부님 집에 있지요?

마리　　네. 이제 곧 성탄절이니 머지않아 볼 수 있을 테지요. 키가 많이 자랐다고 지난달 보내온 편지에 적혀 있었습니다만, 아직도 또래 아이들에 비하면 작은 편이라 걱정이 된답니다. 아시겠지만 드미트리를 닮은 것이지요.

체호프 (조심스럽게) 여기에서 학교를 보내는 것은 어떻겠습니까? 페테르부르크보다야 못하겠지만 그래도 여러 가지로 안심이 되실 텐데요.

마리 물론 생각해보지 않은 것은 아니에요. 아무래도 제가 직접 그 아이의 식사와 옷가지를 챙겨주는 것이 저 자신을 위해서도 기쁜 일이겠지요. 그렇지만 재작년 니콜라이가 콜레라로 죽은 후 저는 결심했어요. 여기서는 절대로 아이들을 기르지 않겠다고 말이죠. 교육 문제뿐만이 아니라 안전을 위해서도 그것이 현명한 판단일 게 분명하답니다. 왜 아니겠어요? 이곳에서 의사를 부르려면 얼마나 참을성을 지녀야 하는지 당신은 모르실 거예요. (회상에 젖듯 시선을 돌려 먼 곳을 응시하며) 아……. 니콜라이도 조금만 일찍 의사의 손을 빌릴 수 있었다면 그렇게 허망하게 보내지 않았을 텐데. 생각해보세요. 그때 니콜라이의 손을 잡아주는 것 말고 제가 할 수 있는 일이 뭐가 있었겠는지. 의사를 찾아 마차를 타고 떠난 드미트리는 자정이 지났는데도 돌아오지 않고, 열에 들떠 사경을 헤매는 아이를 그저 바라만 보면서 제가 무슨 생각을 했었겠는지. (쓴웃음을 지으며) 어느 순간 저는 점점 그 누구도 아닌 저 자신에게 화가 나서 눈물을 흘릴 수밖에 없었답니다. 3년 전 이곳에 농장을 만들겠다고 한 드미트리의 생각에 끝까지 반대하지 못한 저에게 화가 나서 견딜 수가 없었죠. 그리고 어리석게도 그 화를 누그러뜨리기 위해서 저는 당신을 생각할 수밖에 없었지요. ……안톤, 바로 당신이 지금 이곳에, 사경을 헤매고 있는 니콜라이와 그의 어리석은 어미 옆에 있다면 얼마나 좋을까, 얼마나 좋을까 하고 말이지요. (체호프를 바라보며) 지금도 가끔 악몽처럼 그때가 떠오를 때면 주문을 외우듯 당신 이름을 중얼거려보곤 한답니다. 아시겠어요? 이 모든 것이 현명한 사람처럼 보이고 싶었던 한 남자, 그의 어리석은 선택이 초래한 비극적 결말이라는 것을.

체호프 의사로서 저는 그리 대단한 사람이 못 되는지라 뭐라 드릴 말씀이 없군요.

마리 당신을 책망하려 드리는 말씀이 아니라는 것은 아실 테지요. 저는 다만, 당신이 하루가 멀다 하고 우리 집에 들렀던 때가 그리웠다는 말씀을 드리려는 것뿐이에요. 의사이자 작가인 당신과 페테르부르크에서 함께 보냈던 날들 말이죠. (무언가 생각난 듯 혼자 웃고 나서) 물론 당신은 대도시의 삶이란 바람 속에 떠다니는 씨앗처럼 공허할 뿐이라고 말씀하실 테지만 말이죠.

체호프 (당혹스럽다는 듯이) 제 원고를 보셨군요.

마리 죄송해요. 실례가 되는 일이었다면 사과드릴게요. 오늘 아침 거실을 청소하다가 원고가 있기에 우연히…….

체호프 아닙니다. 아직 정리가 덜 된 글이라……. 책이 나오면 꼭 보내드리도록 하겠습니다.

마리 ……그 원고 맨 앞장에 인상 깊은 글귀가 있더군요. (마치 연극배우처럼) "바람 속에 떠다니는 씨앗과 얼음 속에 웅크린 뿌리 중 우리는 무엇을 귀하게 여겨야 하는가?"●

체호프 (변명하듯) 우리라고 했지만, 결국 저 자신을 타이르기 위해 쓴 말일 뿐입니다.

마리 타이른다고요? 무엇을 타이르려고 하셨는지 저는 잘 모르겠군요.

체호프 아시겠지만 그곳은 미지의 얼음이 뒤덮인 섬인 동시에 유배지의 땅이니까요. 아직도 러시아의 진정한 혁명을 꿈꾸었던 많은 지식인들이 그곳에서 유배 중이지 않습니까?

● 허구의 서문.

마리	그래서 당신도 스스로를 유배시킨 것인가요?
체호프	가당치도 않은 말씀이십니다. 저라는 사람에게 그런 고결한 사상이 있을 리 없지 않겠습니까?
마리	그럼 무엇 때문인가요? 무엇이 당신을 그곳으로 이 끌었던 것인가요? 어찌하여 열두 달 중 석 달만 간신히 얼음이 녹는 지구의 끝자락과도 같은 섬에 1년이라는 귀한 시간을 바치신 것인지요?
체호프	(망설이며 신중하게 단어를 고른 후) 글쎄요. 굳이 이유를 대자면 아마도 어떤 질문과도 같은 것이 아니었을까 합니다만. (사이) 그렇습니다. 질문을 받았던 것이지요.
마리	질문이라고 하셨나요? (잠시 입술을 깨물고 난 후) 그렇다면 그 질문이 이곳에서 시작되었나요? 아니면 그곳에서 출발한 것인가요?
체호프	(당황하며) 아닙니다. 어느 곳에서 발생한 물음이 아니었습니다. 그것은 그냥 저 자신의 문제였습니다.
마리	……그 질문에 답은 구하셨고요?
체호프	글쎄요. 제 의사로서의 사명은 이 초라한 기록으로 어느 정도 마무리한 것이 아닐까 하는 생각이 들기도 합니다만……. (슬며시 웃으며) 오만에 가득 찬 말을 함부로 하고 있군요.
마리	(잠시 망설이다 체호프를 응시하며) 그럼, 혹시 책에는

쓰실 수 없는 대답도 찾으셨나요?

체호프　(마리의 시선을 피한 후) 글쎄, 정직하게 이야기해서 실상은 그때도, 또 돌아온 이후에도 그 질문이 무엇이었는지조차 파악하지 못한 게 아닐까 합니다. 아니, 그것을 알았다면 사할린에 가지 않았을지도 모르겠습니다.

마리　(한참 동안 체호프를 바라보다 시선을 돌리며) 그러시군요.

정적이 흐른다.

침묵을 삼키듯 천천히 차를 마시는 체호프.

자리에서 일어서는 마리.

마리　(과장된 어투로) 오늘 저녁에는 보르슈와 살란카를 할 생각인데 괜찮으신지요?

체호프　제가 오늘 저녁에 먹고 싶었던 것이 바로 그것이라고 말한다면 저를 허풍쟁이라고 하시겠는지요?

마리　(웃으며) 보세요. 제가 안톤의 마음을 읽을 수 있다면 이런 질문도 필요 없지 않겠어요?

마리, 쟁반을 손에 들고 퇴장한다.

눈을 감고 길고 깊은 숨을 내쉬는 체호프.

잠시 후, 현관문이 열리는 소리와 함께 실린의 목소리가 들려온다.

실린　　(목소리) 어허, 괜찮다니까 그러네. 내가 괜찮다고 하
　　　　　는데, 너는 무엇을 그리 두려워하는 것이냐. 너의 모
　　　　　든 희망이 온전히 이 집에 있다고 할 때는 언제고.
　　　　　어서 이리 들어오너라.

실린, 캬쟈와 함께 거실로 들어선다.
실린의 뒤를 따르는 캬쟈는 형편없는 몰골에 초조한 기색이 역력하다.

실린　　(모자를 벗으며 체호프에게) 마침 계셨군요, 나의 친구.
　　　　　그렇지 않아도 혹시 산책을 나가시거나, 오수(午睡)
　　　　　를 즐기고 계시면 어떻게 하나 걱정하고 있던 참이
　　　　　었습니다.

체호프　(자리에서 일어나며) 아닙니다. 그래, 목재 경매장에
　　　　　가신 일은 잘되셨습니까?

실린　　아니나 다를까. 모두 하나같이 턱없는 가격을 부르
　　　　　더군요. 이틀 후에나 다시 가봐야 할 것 같습니다.
　　　　　(고개 돌려 뒤에 서 있는 캬쟈를 쳐다보며) 아, 그건 그
　　　　　렇고 캬쟈를 기억하실는지요?

체호프　알고 있습니다. 페테르부르크 시절부터 부인의 수발
　　　　　을 돕던 아이지요.

실린	네, 맞습니다. 아, 생각해보니 아마 저보다 더 오랫동안 캬쟈를 알고 계셨겠군요. 마리가 배우가 되고 싶어 하던 때부터 캬쟈를 몸종으로 데리고 다녔으니까. ……뭐 하는 게냐? 인사드리지 않고. 설마 체호프 선생님의 얼굴을 잊은 것은 아니겠지.
캬쟈	(묵례를 하며 기어들어가는 목소리로) 그동안 잘 지내셨는지요, 안톤 파블로비치 체호프 선생님.
체호프	……오랜만이구나, 캬쟈.
실린	쯧쯧. 당나귀 한 마리를 고르는 데도 그 울음소리를 들어보거늘……. 그렇게 나약하고 기운 없는 목소리로 어떻게 간청을 드리겠다는 것이냐.

캬쟈, 대답하지 못하고 더욱 어깨를 움츠린다.

실린	그런데 마리는 어디 나갔습니까?
체호프	아니요. 부엌에 계신 듯합니다.
실린	(부엌을 향해) 마리. 이봐, 마리. 바쁘지 않다면 이리 좀 나와보시오. 이리 나와서 누가 당신을 찾아왔는지 보란 말이오. (장갑을 벗으며 체호프에게) 글쎄, 경매장에서 돌아오다 마을에 잠시 들렀는데, 호밀 저장소 앞에서 작은 소란이 벌어지고 있더군요. 으레 술주정뱅이들의 행패려니 생각하고 그냥 지나치려

는데 건장한 역무원이 어느 계집아이의 머리채를 움켜쥐고 흙바닥에 끌고 다니는 것이 아니겠습니까? 마차에서 내려 다가가보니 바닥에 널브러져 있는 여자아이가 보이더군요. 그런데 세상에. 그 계집아이의 행색이 눈에 익더란 말입니다. (캬쟈를 슬쩍 쳐다본 후) 사실은 저도 처음에는 긴가민가했습니다. 그래도 10여 년을 한집에서 보냈는데도 가까이 다가가 얼굴을 보기 전까지는 확신을 할 수가 없더군요. 하긴 누군들 저 행색을 보고 그 옛날의 캬쟈라고 알아보겠습니까. 그래서 사람들에게 영문을 물어봤더니 호밀을 실은 기차에 숨어 들어갔다 역무원에게 발각돼 치도곤을 당하고 있는 것이라 하더군요. 세상에 얼마나 배가 고팠으면 사내들에게 붙잡히는 순간에도 호밀을 허겁지겁 입에 밀어 넣고 있었다고 합니다. 그것도 껍질조차 벗기지 않은 호밀을 말입니다.

체호프, 말없이 캬쟈를 다시 한 번 바라본다.
캬쟈, 체호프의 시선을 느꼈는지 더욱 어깨를 움츠린다.

실린   (자리에 앉으며) 그래서 제가 그 역무원에게 5루블을 주고 그녀를 놓아달라 부탁했지요. 아……, 알고 계실지 모르겠지만 캬쟈는 어떤 일로 인해 여름이 끝날 무렵 우리 집에서 나가게 되었답니다. 그리 고상한 이야기는 못 되는지라 이 자리에서 그 자세한 내막을 말씀드리긴 곤란하지만 아무튼 일의 진행이 그렇게 시작된다는 것은 알아두셨으면 합니다. 그래야 지금 그녀의 처지가 저희의 잘못이 아니라는 것을 아실 테니까요.

체호프　　그런데 왜 캬챠를 다시 데려오신 겁니까?

실린　　그렇지요. 아주 중요한 질문이십니다. 저도 그녀를 데려올 마음은 없었습니다. 그래도 옛 주인으로서 제가 할 일은 거기서 충분히 끝났다고 저 역시 생각했으니까요. 그런데……, (부엌 쪽을 바라보며) 아, 저기 마리가 나오는군요.

거실로 나오는 마리.

순간, 캬챠를 발견한 후 발걸음을 멈춘다.

캬챠, 마리와 시선이 마주치자 이곳에 없는 사람인 양 얼어붙는다.

실린　　알아보시겠습니까, 마리? (캬챠에게) 뭐 하는 게냐, 캬챠. 지금이 너에게 가장 중요한 순간이라는 것을 잊어버리기라도 한 것이냐? 도대체 인사조차 제대로 하지 못하는 하녀를 누가 다시 거둔단 말이냐. 얼른 인사드리거라, 얼른.

캬쟈　　　　(고개를 들지 못한 채) 그, 동안……, 안녕, 하셨습니
　　　　　　　　까. 마님.

마리, 당혹스러운 표정이 점점 굳어지기 시작한다.

마리　　　　(시선을 돌려 실린을 쳐다보며) 지금 이게 무슨 장난이
　　　　　　　　신가요?

실린　　　　장난이라니. 가당치 않은 말씀이십니다. 나는 그저
　　　　　　　　당신의 옛 하녀를 곤경에서 구한 죄밖에 없는 사람
　　　　　　　　이외이다.

마리　　　　곤경이라니요?

실린, 어깨를 으쓱거린 후 체호프를 바라본다.

실린　　　　말씀 좀 해주시구려, 친구. 내가 오늘 어떤 선의를
　　　　　　　　펼쳤는지.

마리, 체호프를 바라본다.

체호프　　　(당혹스러워하다가) 캬쟈가 갈 곳이 없었던 것 같습
　　　　　　　　니다. 배도 곯아 마을에서 음식을 훔쳐 먹다 걸려 곤
　　　　　　　　욕을 치르던 것을 드미트리가 구해내어 이리 데려온

모양입니다. 아마도 어디 기거할 곳을 찾지 못한 것이겠지요.

실린 구해낸 것은 맞지만, 제가 이리 데려온 것은 아니지요. 그것은 캬쟈의 의지였습니다. 물론, 내가 마차에 타는 것을 허락했지만 말입니다.

마리 (냉기에 가득 찬 목소리로) 도대체 무슨 말씀이시죠?

실린 (뒤로 한 걸음 물러서며) 나에게 묻지 말고 캬쟈에게 물어보는 게 더 빠르지 않겠소? (캬쟈에게) 캬쟈. 고개를 들고, 어서 네가 해야 하는 말을 하려무나. 오해가 쌓여 이 상황이 더 곤란해지기 전에.

모두 캬쟈를 쳐다본다.

캬쟈, 마른침을 거듭 삼키다가 천천히 입을 연다.

캬쟈 (읊조리듯) 마님, 일곱 살에 돌아가신 베라 선대 마님의 부름으로 이 집에 들어온 이후 지금껏 마님의 집에서 일해왔던 것을 부디 기억해주세요. 이 세상에 제 성과 이름을 모두 알고 있는 사람은 열 명이 채 되지 않습니다. 그중에 네 명은 이미 죽은 사람입니다. 제 아비와 어미, 그리고 돌아가신 베라 마님과 니콜라이 도련님. (급히 성호를 그으며) 돌아가신 베라 마님과 니콜라이 도련님께 주님의 가호가 있기를. (사이) 부디 제가 도련님의 이름을 꺼내는 이유가 마님을 다시금 고통스럽게 하려는 것이 아님을 알아주세요. 저는 그저 이곳에 있던 날들이 얼마나 행복했는지 말씀드리려는 것뿐입니다. 제 이름을 불러주는 사람들이 있었던 곳. 특히 니콜라이 도련님이 고맙게도 저를 얼마나 따라주었는지 조금만 기억해주실 수 있으신지요. 제 몰골을 보시면 이미 아시겠지만 저는 지난 몇 달 동안 비바람을 피할 수 있는 곳을 찾지 못했습니다. 페테르부르크로 돌아갈까 생각해보기도 했습니다만, 그곳은 이미 저에게 아무 희망도, 약속도 없는 부질없는 곳이 되어버린 지 오래였지요. 이슬을 맞으며 한데에서 잠을 청할 때마다 이곳에서 마님의 일을 맡아 손발을 놀리던 때가 얼마나 귀한 것이었는지 깨닫고는 울기도 여러 번이었습니다. 믿어주세요, 마님. 제게 의미 있는 것들은 모두 마님과 주인어른이 계신 이 집 안에 있음을. 부디 저의 잘못을 용서하시고, 자비를 베풀어주세요. 자비를…….

캬쟈, 말을 끝낸 후 울기 시작한다.

실린   (마리를 쳐다보며) 자, 이제 사정이 어떻게 된 것인지 아시겠소?

마리 꼭 이러실 필요가 있으셨나요? 당신의 귀한 친구도
와 계신 자리에……。

실린 그게 무슨 상관이오. 이것이 어디 흉잡힐 일이라도
된다는 것입니까? 아니, 나는 오히려 그 반대의 생
각이었습니다. 이것은 캬샤가 이야기했듯이 자비에
관한 문제가 아니겠습니까? 그것이 왜 흉이 된다는
말이오. 물론 캬샤의 간청에 그녀를 마차에 태워 오
기는 했지만 오히려 나는 오는 내내 안톤이 있어 다
행이라고 생각했는데요? 안 그렇습니까, 안톤? 당신
이 있음으로 해서 마리는 캬샤의 잘못을 감정적으
로 처리하지 않고, 오히려 공명정대하게 바라볼 수
있지 않겠습니까?

체호프 글쎄요. 제가 자세한 사정을 알지 못하여 말씀드리
기가 곤란하군요.

실린 어려운 문제가 아닙니다. 생각해보세요. 이틀 전 나
는 가브류슈카가 이 집에 머무는 것을 허락했지요.
그는 이곳에 온 이후에 내가 데리고 온 하인이었습
니다. 물론, 그가 '10여 일 동안 하는 것을 봐서'라는
단서를 달기는 했지만, 그래도 허락은 허락 아니겠
습니까? 그 문제에 대해서 우리 모두들 알다시피 마
리는 내게 화가 나 있는 상태지요. 조시마 신부님의

체면도 생각한 결정이었습니다만 그 권한과 책임은 전적으로 나에게 있음을 나는 떳떳하게 밝히는 바입니다. 그러니 마리가 화를 내는 것도 내가 마땅히 받아들이고 수긍해야 할 부분이지요. 바로 이 점 때문에 나는 캬쟈의 간청을 더욱 거절할 수 없었던 것입니다. 그것이 내가 그녀를 마차에 태웠던 이유이지요. 그리고 마땅히 그녀의 몰골을……, (고개 숙여 울고 있는 캬쟈를 한 번 쳐다본 후 어깨를 으쓱이며) 음, 이것은 모두 보았으니 굳이 더 이상 말할 필요가 없을 것 같군요. 하지만 이 말은 해야겠습니다. (검지를 세워 보이며) 동정. 바로 그렇습니다. 누군들 사람이라면 그녀에게 동정의 마음을 느껴야 하는 것이지요. 여러분들이 어떤지는 잘 모르겠습니다만 적어도 나는 그렇게 생각했습니다. 그리고 최소한 그녀에게 가브류슈카처럼 다시 한 번의 기회를 주어야 하는 것이 아닐까 생각했습니다. 그렇지만 다행스럽고, 미안하게도 그 기회는 내가 줄 수 있는 것이 아니지요. 하인의 문제라면 내가 결정할 일이지만, 하녀의 문제라면 마땅히 마리에게 그 권한과 책임을 양도하는 것이 이 시대의 풍토가 아니겠습니까?

마리　그래서 당신의 의중은 내가 캬쟈를 다시 받아주었으면 하는 것인가요?

실린　　(고개를 흔들고 나서 단호하게) 나의 의중이 당신의 결정이 되기를 나는 바라지 않습니다. (캬쟈를 향해 손을 뻗으며) 그녀를 보세요. 그리고 당신이 결정하는 것입니다. 나는 그것에 대해 일언반구 토를 달지 않을 것을 맹세합니다. ……그래서 안톤이 필요한 겁니다. 나의 증인으로서, 또한 당신 선택의 참관자로서.

체호프　(실린과 마리를 번갈아 바라본 후 난처한 표정으로) 괜찮다면 저는 잠시 제 방으로 돌아가 있을까 합니다만.

마리　　(단호히) 아니요. 여기 그냥 계셔주세요. 드미트리의 말이 틀린 것 같지 않군요. 안톤, 괜찮다면 내가 무슨 선택을 하는지 보아주세요. (캬쟈를 향해 싸늘하게) 캬쟈, 울지 말고 고개를 들어보렴.

캬쟈, 두 손을 가지런히 모은 후 천천히 고개를 든다.

마리　　너를 이 집에서 내쫓을 때, 네가 마지막 인사라며 나를 찾아왔을 때, 나는 너의 얼굴을 보지 않았다. 기억하니?

대답 없이 고개를 살짝 끄떡이는 캬쟈.

마리　　　그때 나는 내가 울고 있다는 사실을 너에게 들키기
　　　　　　싫어 애써 어떤 대꾸도 하지 않고 너의 얼굴도 쳐다
　　　　　　보지 않았어.

캬쟈　　　(간절히 가슴 앞에 두 손을 모은 채 울며) 마님. 제가 어
　　　　　　리석었습니다. 부디 한 번만 더 저에게 자비를…….

마리　　　(단호히) 울지 마. 여기가 네 울음을 위한 자리가 아
　　　　　　니라는 것을 모르겠니? 나는 도통 남들 시선이 있는
　　　　　　곳에서 우는 계집애들을 믿을 수가 없어.

캬쟈, 마리의 단호한 말투에 겁을 먹고 눈물을 훔친다.

마리　　　그때 나는 너를 쳐다보지 않았지만 식탁에 200루블
　　　　　　을 놓아두었다. 그리고 그것을 가져가라고 했지?

대답 없이 고개를 살짝 끄떡이는 캬쟈.

마리　　　캬쟈. 그 돈을 어디다 썼는지 지금 이 자리에서 숨김
　　　　　　없이 말할 수 있니?

캬쟈, 대답하지 못하고 고개를 숙인다.

마리　　　어쩌면 네 목숨줄이 될 그 돈을, 그래도 차마 지난

날을 생각해서 내가 마련해준 그 돈을, 너는 어떻게 써버렸니?

캬쟈, 어깨를 구부리며 운다.

마리 내가 말해볼까? 그 돈을 어디다 썼는지?

캬쟈 마님, 용서해주십시오. 제가 어리석었습니다.

마리 너는 그 돈을 또다시 가브류슈카에게 가져다 바치고 말았지. 얼마를 주었는지는 모르겠다만 분명 너는 그 돈의 일부, 혹은 전부를 술에 취한 가브류슈카의 더럽고 뜨거운 손길 한 번에 맞바꾸다시피 주고 말았어. 그렇지?

캬쟈, 무너지듯 자리에 주저앉아 운다.

마리 (그런 캬쟈를 잠시 쳐다본 후 혼잣말처럼) 울음이 모든 것을 제자리로 돌려놓을 수 있다면 좋으련만. 그러나 울음은 울음일 뿐이지. (단호하게) 자, 캬쟈. 더 이상 내가 너에 대한 말들을 하지 않게 해주었으면 좋겠구나. 나는 너를 다시 받아줄 수가 없다. 그러니 그만 그 값싼 눈물을 멈추고 어서 이 집에서 나가주렴. (시선을 돌려 실린을 바라보며) 제 결정은 이것입니다. 터무니없이 더러운 정념에 빠진 하녀를 데리고 있는 것보다 가정의 질서를 위해 무서운 것은 없지요. 그리고 이것은 앞으로도 절대 바뀌지 않을 것입니다. 이제, 만족스러우신지요?

실린과 마리, 서로를 응시한다.
실린, 미묘한 표정을 지어 보이며 시선을 피한다.
주머니에서 담배 파이프를 꺼내어 불을 붙이는 실린.
한 줄기 긴 연기가 거실에 피어오른다.
체호프, 주저앉아 울고 있는 캬쟈를 힘없이 바라본다.
무거운 정적이 흐른다.
그 순간 현관문을 열고 거실로 들어서는 가브릴라.

가브릴라　　주인 나리, 건초를 실어 왔습⋯⋯.

거실의 광경을 목도하는 가브릴라.
캬쟈, 가브릴라의 목소리를 듣고는 바닥에 엎드려 서럽게 운다.

마리　　(비난하듯이) 이제 모두 한자리에 모이고 말았군요.
　　　　어때요. 이제 만족스러우신지요?

실린, 마리와 체호프를 바라보다 시선을 돌리며 헛기침을 한다.

실린   (가브릴라를 향해) 알았으니 나가서 마차를 준비해두
          게.

가브릴라, 대답 없이 멍하니 서 있다.

실린   (소리 높여) 뭐 하고 있는 겐가. 마차를 다시 준비해
          두라니까.

가브릴라   (애써 정신을 차리며) ……알겠습니다요, 나리.

가브릴라, 울고 있는 캬쟈의 뒷모습을 한 번 더 쳐다본 후 밖으로 나
간다.

실린   (체호프에게) 저는 잠시 캬쟈를 데리고 나갔다 오겠
          습니다.

체호프   ……그렇게 하시지요.

실린   일어나거라, 캬쟈. 드이모프의 농장에 일손이 필요
          하다니 어쩌면 너를 거두어줄지도 모르겠다. 밤이슬
          이 내리기 전에 도착하려면 얼른 일어나야 할 게다.
          (체호프에게) 드이모프 농장에는 좋은 포도주가 있
          으니 몇 상자 가져오도록 하지요. 아마 마음에 드실
          겁니다, 친구.

실린, 담배 파이프를 입에 물고 밖으로 나가려다 현관문 앞에서 발걸음을 멈춘다.

주위를 두리번거리며 코를 킁킁거리는 실린.

실린   (누구에게 말하는 건지 모르게) 그런데 어디서 이상한 냄새가 나는 것 같지 않습니까?

체호프   (마리를 쳐다본 후) 글쎄요. 잘 모르겠는데요.

실린, 체호프의 말에 어깨를 한 번 으쓱거린다.

실린   그런가요?

실린, 현관 앞에 걸어두었던 모자를 쓴다.

실린   (카쟈에게) 어서 일어나라니까, 카쟈. 여기엔 네가 원하는 자비란 없단 말이다.

실린, 현관문을 열고 나간다.

천천히 자리에서 일어나는 카쟈.

카쟈, 마리에게 허리 굽혀 긴 인사를 한다.

카쟈   안녕히 계십시오, 마님. 부디, 건강하세요.

캬쟈를 쳐다보지 않는 마리, 아무 대답이 없다.

캬쟈, 잠시 그대로 서 있다가 이내 발걸음을 돌려 밖으로 나간다.

침묵을 견디듯이 거실에 서 있는 체호프와 마리.

마리   (천천히) 당신은 그 원고의 서문에 또 이렇게 쓰셨지
            요. 사할린은 결국 거대한 '슬픔의 틈새'일 뿐이라고
            요. 슬픔의 틈새.

체호프   …….

마리   당신이 그곳에서 어떤 질문의 대답을 찾고 계시는
            동안 우리 가족은 니콜라이를 잃어버리고, 드미트리
            는 친구를 잃어버리고, 그리고 저는 제 마음을 잃어
            버리고 말았지요. 슬픔의 틈새는 이곳에도 있었답니
            다. 이제 아시겠는지요?

체호프   ……알고 있습니다. 나는 당신의 비난으로부터 도
            망칠 수 없는 사람입니다.

마리, 말없이 체호프를 한참 동안 바라본다.

마리   그래요. 마음만 먹는다면 당신을 비난할 수 있는
            말을 나는 더 찾아낼 수 있을지 몰라요. 그렇지만,
            ……아무리 많은 비난의 말들을 찾아낸다 할지라도
            나는 당신으로부터 도망칠 수 없는 사람이지요.

체호프, 마리를 바라보다 시선을 회피한다.

마리, 그런 체호프를 바라보다 부엌 쪽으로 발길을 돌린다.

거실에 홀로 남은 체호프.

암전.

4장

"만물보다 더 거짓되고 아주 썩은 것은 사람의 마음이니,

누가 그 속을 알 수 있습니까?"

_예레미야 17장 9절

늦은 밤. 실린의 집 거실.

실린과 체호프가 포도주를 마시며 이야기를 나누고 있다.

실린   (체호프의 원고를 펼쳐 들며 취기 섞인 목소리로) 당신
의 원고에서 내가 가장 좋아하는 대목을 읽어드리지
요, 친구. 나는 이 대목이 아주 맘에 들었습니다. (뒤
적이던 원고의 한 대목을 찾아내어) "길랴크인들은 자
기가 맡은 일은 정확히 해내는데, 길랴크인이 중도
에 우편물을 내버린다든지 남의 물건을 써버린다든
가 하는 경우는 아직 보고된 적 없다. 그들은 용감
하고 영리하며 쾌활하고 스스럼없고, 권력자나 부자
들과의 만남에서도 전혀 주눅 들지 않는다. 자기 위

에 어떤 권력도 인정하지 않으며 심지어 '윗사람'과 '아랫사람'이라는 개념조차도 없어 보인다."(원고에서 시선을 뗀 후 체호프를 보며) 어때요. 멋지지 않습니까? 우리가 미개하다고 말하는 이들이, 신의 장난으로 태어난 것처럼 보이는 족속들이 우리가 갖고 있지 못한 것을 가졌다는 사실에 나는 감탄을 금하지 못하겠습니다.

체호프　(포도주를 마신 후) 말씀하신 것처럼 이 포도주는 남다른 풍미를 지니고 있군요.

실린　그렇게 말 돌리실 필요 없습니다, 친구. 아직 내가 좋아하는 구절이 더 많이 남아 있다는 걸 아셔야 할 겁니다. 당신이 쓴 글이지만 온전한 기억을 상기시키기 위해서라도 나는 내가 좋아하는 나머지 대목들을 읽어야겠습니다. (원고를 보며) "길랴크인들은 가부장제 역시 전혀 존중하지 않는다. 아버지는 아들보다 서열이 높다고 생각하지 않고 아들도 아버지를 존중하지 않으며 마음 내키는 대로 산다. 한편 가족 관계 속에서 여성은 어떤 권력도 갖지 못한다. 할머니이든, 어머니이든, 젖먹이 여자아이든, 내던져버릴 수 있는 물건처럼, 혹은 팔거나 발로 찰 수 있는 개나 가축처럼 취급당한다."(고개를 들어 체호프를 보며) 최고는 바로 이 대목입니다. (원고를 보며)

"길랴크인은 개를 귀여워하는 일은 있어도 여성에게
는 절대로 웃지 않는다. 결혼은 무의미하고 시시한
일이며, 한마디로 말하자면 흔한 술자리보다 중요
하지 않은 일이라고 여긴다. 그렇기에 종교적이거나
미신적인 어떠한 의식도 수반되지 않는다. 길랴크인
은 창이나 작은 배 심지어는 개와 처녀를 맞바꾼 후,
그녀를 자신의 오두막에 데려와 곰 가죽 위에서 함
께 잔다. 그것으로 결혼식은 끝이다. 하등동물이나
상품을 대하는 것과 같은 이러한 여성 멸시는, 노예
제도라고 하기에도 과분할 만큼 심한 수준이다. 비
참하게도 길랴크인에게 여성은 담배나 면포와 같은
거래 물품이다. 스웨덴 작가 '스트린드베리'는 여성
따위는 노예가 되어 남자의 변덕스러움에 봉사하면
그걸로 족하다고 말했다. 그는 유럽예술계 최악의
여성 혐오자지만, 결국 본질적으로 길랴크인과 사고
방식이 동일한 사람이다. 만약 스트린드베리가 사할
린에 온다면 그들은 오랫동안 그를 반갑게 포옹하
며 환대했을 것이다." (손뼉을 친후 고개를 들며) 브라
보. 대단하지 않습니까. 나는 완전히 감동하고 말았
습니다.

체호프   거짓말! 당신이 읽은 대목은 당신이 지키고자 하는
신념과 정반대에 위치하고 있다는 것을 나는 알고

있습니다. 드미트리 페트로비치 실린, 당신은 지금 조롱으로 세상의 어둠과 냉기를 걷어차려고 하는 것이지요.

실린   조롱이라니. 이런, 지독한 오해를 하고 계시군요. (원고를 내려놓고 포도주를 마신 후) 당신은 나의 진실한 친구이니 분명히 말씀드려야겠습니다. 내가 가지고 있는 신념은 오직 하나. 내가 지독한 겁쟁이라는 것이지요. 나의 모든 노력과 용기는 그것을 숨기는 일에 매진하고 있을 뿐입니다. 원하신다면 신에게 맹세할 수도 있습니다. 나는 나의 신념을 남들이 알아챌까 봐 두려움에 떨며 그것을 감추는 일에 온 힘을 다 쏟고 있는 사람일 뿐입니다. 그런 내가 어떻게 이들을 조롱할 수 있겠습니까? (취기에 어린 과장된 어투로) 분명히 말씀드리지요, 안톤 파블로비치 체호프 선생님. 이들은 정확히, 나 드미트리 페트로비치 실린이 세상을 바라보는 시각에 입각해 봤을 때, 의심할 여지없이 지상의 가장 높은 봉우리에 우뚝 서 있는 사람들이 분명합니다.

체호프   …….

체호프, 대답 없이 포도주 잔을 채우려 하지만 포도주 병은 비어 있다.

실린 이런, 술이 부족하군요. 세상에서 가장 두려운 순간
앞에 당신을 놓아두다니 나의 무례를 용서하십시오.
(부엌 쪽을 향해 소리치며) 이봐, 마리. 여기 우리들의
자랑이자 러시아의 위대한 작가의 잔이 비었다고.
술, 술을 더 가져오란 말이야.

잠시 후, 부엌에서 하녀 파샤가 양손에 포도주 병을 들고 나온다.
한 병은 코르크 마개가 열려 있고, 한 병은 그대로 닫혀 있다.

실린 마리는?

파샤 (술병을 탁자 위에 올려놓으며) 마님께서는 침실에 드
셨습니다.

실린 몸은 침실에 있다 해도 마음은 여기에 있을 테니 가
서 그녀를 데려오도록 해, 파샤. (원고에 손을 올리며)
그녀가 들어야 할 말이 여기에 잔뜩 있다고. 어서.

파샤 말씀은 전하도록 하겠습니다.

체호프 잠자리에 든 모양인데 오늘은 저희끼리 마시는 것이
어떨까요?

실린 아닙니다. 분명 마리는 어린아이처럼 저 벽에 귀를
대고 있을 게 뻔합니다. (위층을 향해 소리치며) 이봐,
마리. 당신이 좋아하는 드이모프 농장의 포도주가
여기 잔뜩 있다고. 그러니 얼른 그 이불을 걷어차버

리고 나오란 말이야.

파샤   몸이 안 좋으신 모양입니다. 저녁때도 거의 드시지
          못하셨습니다.

실린   그래? ……나에 대한 시위를 자신의 몸에 하고 있는
          모양이군. 아무튼 내 말을 꼭 전해도록 해.

파샤   알겠습니다.

실린   그리고 하나 더. 바깥채에 가브류슈카가 있거든 내
          가 보잔다고 해.

파샤   알겠습니다, 주인어른.

파샤, 부엌 쪽으로 퇴장한다.

체호프   가브릴라는 어찌 부르시는지요?

실린   나와 내기를 하나 하시겠습니까?

체호프   내기?

실린   그렇습니다. 나는 가브류슈카가 겨울 동안 이곳에
          머물러도 좋다는 허락을 아직 내리지 않았습니다.
          10일간 그가 하는 것을 봐서라는 조건을 내걸고 그
          의 행동을 지켜보겠다고 했지요. 그리고 오늘은 딱
          그 절반이 되는 날입니다. 내가 알기로 그는 아직 술
          을 마시지 않고 있는 것 같습니다. 하긴 술 한 병 살
          돈조차 없을 테니 어쩌면 당연한 일이지요. (사이) 그

래서 나는 그에게 달콤하고, 치명적인 제안을 하나 할까 합니다.

체호프   무슨 말씀이신지 감을 잡지 못하겠습니다.

실린   혹시 가브릴라가 '40인의 순교자'라는 별칭으로 불린다는 것을 알고 계시는지요?

체호프   그가 자신의 입으로 하는 이야기는 들었습니다만.

실린   그렇다면 '40인의 순교자'에 대한 종교적 우화도 잘 알고 계실 테지요.

체호프   아그리콜라우스가 기독교 병사들에게 가했던 박해를 말씀하시는 것인지요.

실린   바로 그렇습니다. 잘 알고 계실 테지만 조금 후에 있을 내기를 위해 다시 한 번 말씀드리지요. 그 옛날 콘스탄티누스 황제는 기독교에 대한 관용의 칙서를 각 지역의 관리들에게 보냈지요. 그렇지만 오랫동안 로마의 지배하에 있던 변방의 도시에선 이것을 무시하곤 했습니다. 그중의 하나가 말씀하신 아르메니아 총독 아그리콜라우스죠. 그는 자신의 수하에 있던 기독교 병사 마흔 명을 찾아내어 배교할 것을 주문하지만 그들이 신앙을 버리지 않자 무시무시한 고문을 준비합니다. 한겨울 호수의 얼음을 깨고 그들을 이곳에 밀어 넣은 것이지요. 물론 옷을 모두 벗긴 채 말입니다. 그러고는 얼음구덩이 옆에다 따뜻한 물이 가득 담긴 욕조를 놓아두었지요. 아그리콜라우스는 이 고집스러운 병사들이 결국 추위를 이기지 못해 기독교 신앙을 버릴 것이라고 믿었습니다. 그러나 그의 기대는 여지없이 허물어지고 말았습니다. 병사들이 꽁꽁 언 입술을 움직여 함께 기도하기 시작했으니까요. "주여, 우리는 모두 마흔 명입니다. 우리 마흔 명은 생명의 면류관을 놓치지 않을 것입니다. 우리의 이 거룩한 숫자는 변함이 없을 것입니다." 그들은 그렇게 3일 동안이나 그 지독한 추위를 견뎌내며 믿음을 지켰지만……, 결국 인간은 인간일 뿐이었지요. 그들 중 한 명이 결국 신앙을 버리고 뛰쳐나와 이교의 제단 위에 희생 제물을 바치고 말았던 것입니다. 그에게는 배교의 대가로 따스한 물이 채워진 욕조가 허락되었습니다. 그렇지만 그는 상으로 허락받은 그 욕조 안에서 곧바로 죽고 말았습니다. 오랫동안 추위에 노출되어 얼어버린 몸이 따뜻한 물에 닿자 심장마비를 일으킨 것이죠. (사이) 숭고하고 거룩한 나머지 이야기들이 더 있습니다만, 제가 관심을 가지고 있는 것은 바로 이 부분입니다. 나머지 병사들이 고문에 굴하지 않고 순교를 당한 것도, 그들에게 하늘에서 면류관이 내려온 것도 그 어느 것 하나 나의 흥미를 끌지 못합니다. 나는 오직 그 순간 배교를 결심한 한 명의 병사에게만 모든 관심을 부여하고 싶습니다. 그리고 가브류슈카는 자신의 별칭처럼 배교를 결심한 그 한 명의 병사와 너무나도 어울리는 인물이 아닐까 합니다.

체호프 가브릴라에게 어떤 제안을 하시려는 것인지요?

실린 자세한 것은 그가 오면 이야기하도록 하지요. 아마 분명히 마음에 드실 겁니다.

체호프 ……캬쟈는 어찌 되었습니까?

실린 아, 제가 말씀을 드리지 않았군요. 캬쟈는 올겨울을 무사히 보낼 수 있을 겁니다. 드이모프는 믿을 수 없을 만큼 자비로운 사람이지요. 특히나 젊은 하녀들에겐 더욱 그렇습니다. 또한 신앙에 대해 적당한 믿음을 가지고 있는 사람이기도 하지요. 무엇보다 결정적으로 그는 외로운 홀아비가 아니겠습니까. 상처를 한 지 벌써 5년이 넘었지요. 그렇기 때문에 그가 캬쟈에게 일거리를 줄 거라고 나는 믿고 있었습니다.

체호프 …….

실린 물론 드이모프 역시 캬쟈의 몰골에 놀라 선뜻 자신의 농장에 머물러도 좋다는 허락을 내리지 못하더군요. 이곳에서 얼굴이라도 씻고 갔다면 좀 더 좋았으련만.

체호프	…….
실린	(대답 없는 체호프의 얼굴을 쳐다보다가) 제가 드리는 말씀이 불편하신 모양이군요. 그렇지만 러시아의 겨울은 모든 것을 빼앗아 가는 법이지요. 우선은 살아남아야 하지 않겠습니까? 살아남지 못하고서야 봄에 불어오는 따뜻한 바람도 아무 소용이 없지요.

체호프, 술잔에 포도주를 채운 후 한 모금 마신다.

그때, 현관문을 열고 가브릴라가 거실에 들어선다.

가브릴라	(공손히 모자를 벗어 들며) 찾으셨습니까, 나리?
실린	어서 오게. 아직 잠들지 않았던 모양이군.
가브릴라	이 마을에서 가장 늦게 잠들고, 가장 일찍 일어나는 사람을 찾으신다면 나리께서 바로 찾으신 겁니다. 헤헤.

실린, 묘한 웃음을 지으며 포도주를 마신다.

가브릴라	(눈치를 살피며) 그런데 어쩐 일로 저를 부르셨는지요.
실린	내가 가브릴라 자네에게 제안을 하나 할까 하는데.
가브릴라	제안이라굽쇼? (눈치를 살피며) 이 미천한 것에게 무

슨…….

실린   너무 두려워하지 않아도 되네. 제안이라고는 하나, 나는 가브릴라 자네에게 상을 주려고 하는 것이니까 말이야. 그래, 자네가 이곳에 온 지도 이제 닷새가 지났지?

가브릴라   그렇습니다만.

실린   그 닷새 동안 자네는 내가 말한 것들을 빠짐없이 잘 이행해주었네. 말도, 장작도, 자네는 내가 시키는 것을 잘 처리해주었어. 그리고 무엇보다 술을 마시지 않겠다는 약속을 말이지.

가브릴라   (놀라) 물론이고말굽쇼. 술이라면 이제 입에 대지도 않을 것을 존경하는 조시마 신부님과 나리 앞에서 엄숙하게 약속드렸음을 다시 한 번 말씀드리는 바입니다.

실린   그래, 그래. 그래서 내가 이렇게 상을 내리려 하는 것 아니겠는가.

가브릴라   상이라니. 무슨 말씀을 하시는지 잘 모르겠습니다요.

실린   (자리에서 일어나며) 내 말을 잘 듣게. 나는 이제 자네에게 포도주 열 병을 주려고 하네.

가브릴라   네에?

실린   아주 질 좋은 포도주란 말이지. 자네가 길거리에서 아무렇게나 서둘러 취하려고 마시던 호밀로 만든 술과는 비교할 수도 없을 만큼 좋은 술이란 말일세.

가브릴라 그렇게 좋은 술을 왜 저에게 주시려는지 모르겠습니다요. 저는 분명 술을 마시지 않겠다고 말씀드렸는뎁쇼.

실린 (화를 내듯) 상이라고 하지 않았나, 상.

실린, 들고 있던 포도주 병을 가브릴라에게 내민다.
가브릴라, 어찌할 바를 몰라 머뭇거리다 실린이 내민 포도주 병을 엉거주춤 받아 든다.

실린 나는 자네가 그 술을 마시든 마시지 않든 아무 상관 하지 않겠네. 이 술은 온전히 자네 것이란 말이지. ……마지막 딱 한 병을 빼고는.

가브릴라 ……그게 무슨 말씀이신지.

실린 자네가 앞으로 남은 닷새 동안 열 병의 포도주 중 아홉 병을 마실지라도 나는 자네를 올겨울 우리 농장에서 보낼 수 있도록 허락하겠네. 오직 딱 한 병만 남겨둔다면 말이지.

가브릴라 (겁에 질려) 나리, 무슨 노여움이 있으시다면 말씀해 주시지요.

실린 내 말을 이리도 못 알아들어서야. 아니면 지금 당장이 농장을 나갈 텐가?

가브릴라   아닙니다요.

실린   자네가 이 농장에 머물기 위해서 필요한 포도주는 딱 한 병임을 기억하게. 그것이면 족해. 나머지는 자네가 마시든, 팔아버리든 나는 상관하지 않는단 말이야. 이것이 상이 아니면 도대체 무엇이겠나. (사이) ……그리고 하나 더.

가브릴라   …….

실린   만약 자네가 닷새 동안 단 한 병의 포도주도 마시지 않는다면 나는…….

실린, 말을 멈추고 체호프를 한 번 쳐다본다.

실린   나는 자네뿐만이 아니라 캬쟈를 다시 우리 집 하녀로 받아들이도록 하겠네.

가브릴라   네? 캬쟈를 말입니까?

체호프   (급히) 드미트리.

실린   (체호프를 향해 손을 들어 그의 말을 막은 후) 가브릴라, 자네가 아무리 분별력이 없다손 치더라도 캬쟈가 우리 집에서 쫓겨난 것은 결국 자네 때문이라는 것을 알고 있겠지?

가브릴라   …….

실린	캬쟈는 지금 드이모프 농장에 있네. 그리고 그곳의 하녀들이 어떤 취급을 받는지는 자네도 소문을 들어서 잘 알고 있으리라 믿네. 그러니까 나는…… 자네에게 기회를 주려는 것이야. 자네가 망친 것을 자네의 손으로 되돌릴 수 있도록 자비를 베푸는 셈인 게지.
가브릴라	…….
실린	어때, 나의 제안을 받아들이겠나, 가브류슈카.
체호프	(자리에서 일어나며) 드미트리 페트로비치 실린!
실린	(다시 한 번 손을 들어 체호프의 말을 막으며) 잠시만. 나는 아직 가브릴라의 대답을 듣지 못했습니다. 어서 대답하게, 가브류슈카. 나의 제안을 받아들이겠는가? (달래듯) 그리 어려운 것도 아니야. 자네는 이미 술을 마시지 않겠다고 나와 조시마 신부에게 약조하지 않았나. 이 모든 제안이 싫다면 그냥 나에게서 받은 열 병의 포도주를 닷새 동안 헛간 어딘가에 쑤셔 박아두면 끝이라고. 어려울 것이라곤 하나도 없어. 원한다면 아홉 병을 마셔도 상관없다고 하지 않았나. 캬쟈는 캬쟈의 인생을 살면 되는 것뿐이지. 드이모프의 축축한 숨소리에 매일 밤 짓눌리면서 말이야. (탁자로 걸어가 포도주를 마신 후 혼잣말처럼) 이런 자비로운 조건을 두고 무엇을 망설이는 것인지

도무지 모르겠군.

체호프 저자가 열 병을 모두 지켜낸다고 하더라도 마리가 허락하지 않을 것입니다.

실린 (목소리 높여) 이 집의 주인은 나입니다. 나는 그녀에게 자비를 베풀 기회를 주었지만 그녀가 받지 않았을 뿐이지요. 그렇다면 이제 내가 나설 차례가 아니겠습니까? 나는 모두에게 자비의 기회를 주려는 것뿐입니다. (몸을 돌려 가브릴라를 향해) 어서 대답하게, 가브류슈카. 대답하지 않는다면 나는 자네를 오늘 밤 이 집에서 내보낼 수밖에 없네.

가브릴라, 혼란스러운 얼굴로 어떤 대답도 하지 못한다.

실린 어서!

가브릴라 (겁에 질려) ……알겠습니다, 주인 나리. 제게 주시는 포도주 열 병을 감사한 마음으로 받겠습니다.

실린 (흡족한 얼굴로 가브릴라에게 다가서며) 좋아, 나의 제안을 받아들였군. (팔을 뻗어 가브릴라가 들고 있던 포도주 병을 낚아채듯 가져오며) 이것으로 됐네. 이제 자네는 자네의 의지를 찾아내어 증명하기만 하면 돼. 스스로 만든 문제를 직접 풀어내는 거란 말이지. (부엌 쪽으로 소리치며) 이봐, 파샤.

파샤, 부엌에서 나온다.

파샤　　찾으셨는지요.

실린　　가브릴라에게 드이모프 농장에서 가져온 포도주 열
　　　　병을 내주게. 반드시 열 병이야.

파샤　　……알겠습니다.

실린　　파샤를 따라가게. 그리고 자네가 무엇을 택하든 나
　　　　는 자네의 결정을 존중하겠네. 열 병을 택하든 한 병
　　　　을 택하든 그것은 전적으로 자네의 자유란 말이지.

가브릴라　　알겠습니다, 나리.

가브릴라, 파샤를 따라 부엌으로 사라진다.

체호프, 한참 동안 말을 하지 않고 실린을 바라본다.

실린　　(자리에 앉아 의자에 깊숙이 몸을 파묻으며) 자, 어느 쪽
　　　　에 거시겠습니까?

체호프　　……나는 아무 쪽에도 걸지 않겠습니다.

실린　　……그러실 줄 알았습니다, 친구. 당신은 분명 이런
　　　　내기에 끼어들 사람이 아니지요. (포도주를 마신 후)
　　　　그렇다면 나는 나 자신과 내기를 할 수밖에 없겠군
　　　　요. 나는 저자가 열 병을 모두 마시는 것에 걸겠습
　　　　니다.

체호프	…….
실린	나를 비난하셔도 상관없습니다. 비난을 두려워했다면 나는 페테르부르크를 떠나지도 않았을 겁니다.
체호프	그럴 자격이 나에게는 없습니다, 친구.
실린	(천천히 고개 돌려 체호프를 쳐다보며) 당신이 나를 친구라고 말해주니 무엇보다 기쁘군요. (사이) 40인의 병사 중 뛰어나온 한 사람. 그는 배신자이기는 하지만 3일을 그 얼음물 속에서 버텼습니다. 그리고 그는 죽었지요. 너무도 인간적으로 죽고 말았지요. 나는 그들을 시험한 것은 결국 아그리콜라우스가 아니라고 생각합니다. (천장을 올려다보며) 이런, 이런. ……아무래도 나는 신앙심마저 잃어버린 모양입니다.
체호프	당신이 내던지려 할수록 당신은 아무것도 버릴 수 없을 겁니다.

실린, 체호프를 물끄러미 쳐다본다.

실린	아무도 자신이 가지고 있는 것을 모르는 법 아니겠습니까. 그것을 잃기까지는.
체호프	…….
실린	(말을 돌리며) 아무래도 마리는 내려오지 않을 모양

이군요.

체호프 …….

실린 부탁이 하나 있는데 들어주시겠습니까, 나의 친구.

체호프 말씀하시지요.

실린 (탁자 위 원고를 집어 들며) 당신이 쓴 글에서 내가 좋아하는 장면이 하나 더 있습니다. 괜찮다면 이 부분을 직접 나에게 좀 읽어주지 않으시겠습니까? 작가의 목소리로 이 부분을 듣게 된다면 나로서는 잊지 못할 밤이 될 것 같습니다.

실린, 원고를 체호프에게 내민다.

체호프, 천천히 실린에게 다가와 그가 내민 원고를 받아 든다.

체호프 (의자에 앉아 펼쳐진 페이지를 읽으며) "사할린, 얼어붙은 땅의 바다. 차갑고 탁한 바다는 으르렁거리며, 높은 잿빛 파도는 커다란 바위 앞에 산산이 부서져내린다. 마치 절망 속에서 '하나님, 어찌하여 우리를 만드셨습니까' 외치는 듯하다. 왼쪽으로 안개에 싸인 사할린의 곶들이 보이며, 오른쪽으로도 역시 곶들이 보인다. 그러나 그 어디에도 살아 있는 것은 하나도 없다. 새 한 마리, 벌레 한 마리 보이지 않는다. 이런 곳에서 파도는 누구를 위하여 울부짖는 것일까.

누가 밤마다 이 소리를 듣고 있을까. 저 파도는 무엇을 찾으려 부서져내릴까. 그리하여 마침내 나조차 이곳을 떠나고 나면, 파도는 누구를 위해 자신의 긴 울음을 흘려보낼 것인가. 그 무엇도 알 수 없다. 이 바다 앞에 서면 사상이 아니라 끝을 알 수 없는 상념의 포로가 되는 것이다. 두렵고 두렵다. 하지만 동시에 이 경계에 두 발을 묶고 저 반복되는 파도의 부서짐을 끝없이 지켜보고 싶은 마음이 깃들기 시작한다. ……결국 인간은 이 무시무시한 울부짖음을 피할 수 없는 것이다."

체호프, 원고를 덮고 고개 들어 실린을 바라본다.

실린, 술에 취해 이미 잠들어 있다.

그런 실린을 한참 동안 바라보는 체호프.

암전.

"여호와께서 사람의 생각이 허무함을 아시느니라."

_시편 94편 11절

체호프의 꿈.

사할린 수용소 앞 바다. 거친 파도 소리 들린다.

첫 장면에서 보였던 목줄이 길게 내려와 있다.

체호프, 눈을 감은 채 손으로 귀를 막고 있다.

요제프 신부, 지팡이로 더듬으며 체호프에게 다가와 말을 건넨다.

요제프 눈을 감는다고 보이지 않고, 귀를 막는다고 들리지 않으면 얼마나 좋겠습니까?

체호프 (그 자세 그대로) 저들은 죄가 없습니다, 신부님.

요제프 저들도 눈이 있고, 귀가 있지 않습니까? 그리고 무엇보다 손과 입이 있지요.

체호프 보는 것이, 듣는 일이, 먹는 것이, 움켜쥐는 것이 어째서 죄여야 합니까, 신부님?

요제프　나는 죄라고 말하지 않았습니다. 단지 그들은, 그리고 우리들은 인간이라는 것이지요.

체호프　그렇다면 결국, 인간은 죄입니까?

요제프　말하기 어렵습니다. 그렇지만 죄는 하나님의 것이 아니지요. 그것은 인간의 것입니다.

체호프　……나는 아무것도 모르겠습니다.

요제프 신부, 체호프 옆으로 다가와 그의 어깨에 손을 올린다.

체호프, 눈을 뜨고 귀를 막았던 손을 푼다.

요제프　이곳에 처음 부임했을 때, 교도소장은 나를 싫어하였지요. 그가 신앙심이 없어서가 아니라 내가 그의 아들보다 어리고 더군다나 앞을 보지 못하는 장님이니 맘에 들지 않았나 봅니다. 부임 첫날, 그가 간수에게 한 사내를 때리도록 지시하는 것을 들었습니다. 꼬리가 세 갈래로 갈라진 채찍으로 아흔 대를 맞아야 하는 벌이었죠. 그 사내가 한 일이라곤 작은 뗏목을 만들어 바다에 몸을 던진 것뿐이었습니다. 그가 채찍을 맞을 때 어린 의무병은 그것을 구경할 수 있게 해달라고 소장에게 간청을 하기도 했죠.

체호프　나도 그를 알고 있습니다. 그는 모스크바에서 1루블 40코페이카 때문에 사람을 죽인 혐의를 받고 이곳에 와 21년을 복역한 자였지요. 죽을 때까지, 아니 죽은 이후에도 사할린섬을 떠나지 않겠다는 맹세를 하고서야 가석방될 수 있었던 그는 애초에 제대로 된 재판조차 받지 못했습니다. 단지 살인 현장으로부터 가장 가까운 곳에서 동냥질을 하고 있었다는 것이 그를 유죄로 만든 모든 증거였죠.

요제프   죄의 판결에 대해서 나는 아무것도 말할 자유가 없습니다. 나는 다만 그들을 참회하도록 할 뿐이죠. 그것이 주님께서 부여해주신 나의 사역입니다. (사이) 한 대, 또 한 대. 그렇게 열 대를 맞을 때까지 신음 소리조차 없던 그가 드디어 소리치기 시작했습니다. "나리! 나는 죄가 없습니다. 그렇지만 용서해주세요." 그가 입을 열자 소장은 간수에게 더 세게 때리지 않으면 역할을 바꾸어버리겠다고 말했습니다. 간수는 있는 힘껏 사내의 몸에 채찍을 휘두르기 시작했습니다. 서른 대가 넘고, 마흔 대가 넘어가자 그는 온몸을 떨며 비틀리고 토하는 듯한 음성으로 다시 말하기 시작했습니다. "난 불행한 놈이야. 난 이제 죽은 목숨이잖아……. 그런데 왜 날 이렇게 때리는 거야." 그 말을 끝으로 그는 혼절하고 말았습니다. 그렇지만 채찍은 멈추지 않았죠. 그는 의식도 없는 상태에서 아흔 대를 모두 맞고 나서야 풀려날 수 있었습니다. (사이) 그날 밤, 그렇게 그는 죽어갔습니다. 내가 간청을 해보았지만 어린 의무병은 죄인에게 발라줄 약은 아무것도 없다고 말하며 내 눈앞에 손을 흔들어 보이더군요. (사이) 내가 그를 위해 해줄 수 있는 건 손을 잡아주는 일뿐이었습니다. 그리고 하나님이 나에게 부여해주신 사역이 남아 있었죠. 나는 그의 손을 움켜쥐며 회개할 것이 없냐고 물어봐야만 했습니다. 그는 온 힘을 짜내어 고개를 흔들더군요. 나는 회개해야만 다시 태어날 수 있다고 그를 설득했습니다. 그러자 그가 힘겹게 입을 열었습니다. 나는 그의 입에 귀를 가져다 대보았지요. 죽어가는 목소리로 그가 나에게 말했습니다. "다시 태어나면⋯⋯ 죄부터 짓고 싶어요, 신부님." (사이) 그 말을 끝으로 그는 숨을 거두었습니다.

체호프　⋯⋯신은 도대체 무얼 하고 있는 걸까요?

요제프　(마치 먼 곳을 바라보는 듯한 표정으로) 신은 자신을 만끽하고 있습니다.•

희미하게 파도 소리가 들려온다.

체호프　신부님은 왜 이곳으로 오셨습니까?

• 　토마스 아퀴나스의 말.

요제프　　내가 온 것이 아니라 이곳이 나에게 왔습니다.

체호프　　눈이 보이지 않는다는 것은 어떤 기분이죠?

요제프　　세상을 본다는 것은 어떤 기분이십니까?

체호프　　질문에 질문으로 대답하시는군요.

요제프　　당신이 알고 있는 대답을 내가 반복할 필요야 없지 않겠습니까?

체호프　　내가 무엇을 알고 있는데요?

요제프　　적어도 여기에 아무것도 없다는 것은 알고 있지 않습니까? 여기에 있는 것이라곤 말없는 바다와 반복되는 파도 소리뿐이지요. (사이) 그러니 이제 그만 돌아가십시오.

체호프　　어디로요? 또 어디로 가야 합니까?

요제프　　사람들 속에서 당신이 해야 할 일이 있겠지요.

체호프　　아니요. 나는 나를 벌하기 위해 이곳에 왔습니다.

요제프　　벌은 인간의 몫이 아닙니다.

체호프　　거짓말이었습니다. ……결국 나는, 나 자신을 용서하려 이곳에 온 것입니다.

요제프　　용서도 인간의 몫이 아닙니다.

체호프　　그럼 도대체 인간의 몫은 무엇입니까?

요제프　　죄와 도덕입니다.

체호프　　(다시 자신의 귀를 틀어막으며) 그렇다면 신은 어디서 무얼 하고 있는 겁니까?

요제프   신은, 자신을, 만끽하고 있습니다.

체호프   빌어먹을. 나는 도덕이 무섭습니다.

요제프   그 누구도 도덕을 좋아해서 지키지 않습니다. 단지
그것이 무서워서 지킬 뿐이죠.

체호프, 몸을 비틀며 괴로워한다.

요제프, 천천히 지팡이를 더듬거리며 무대 뒤로 걸어간다.

체호프   (절규하듯) 도대체 인간에게 선이란 무엇입니까?

요제프, 발걸음을 멈추고 천천히 뒤를 돌아본다.

요제프   선이란 마음이 아니라 '필사의 의지'입니다.

요제프, 몸을 돌려 무대 뒤로 사라진다.

암전.

무대 밝아오면 거실 의자에 잠들어 있는 체호프.

마리가 찻잔을 들고 체호프 앞에 서 있다.

체호프   (힘들게 잠에서 깨어나 숨을 몰아쉬며) ……마리.

마리   죄송해요. 제가 또다시 잠을 깨우고 말았군요.

체호프	…….
마리	안 좋은 꿈이라도 꾸셨나 봐요?
체호프	(이마의 땀을 훔쳐내며) 아닙니다, 아무것도.
마리	(당혹스러운 표정으로) 차를 두 잔이나 가져왔는데……. 아무래도 제가 괜한 짓을 한 모양이네요.
체호프	……그럴 리가요. 당신이 주는 차라면 언제든 즐거운 마음으로 마실 수 있습니다. 거기 앉으시지요.
마리	그럼 잠시만.

마리, 찻잔을 탁자에 내려놓고 의자에 앉는다.

마리	어젯밤에는 중요한 글을 쓰셨나 봐요. 방문 사이로 늦게까지 불빛이 보이던데.
체호프	잡생각이 많아지기에 그냥 몇 자 적어놓는 것뿐입니다.
마리	새로운 작품을 쓰셨나 봐요.
체호프	그냥 짧은 소설에 어울릴 만한 단상을 적고 있었을 뿐입니다.
마리	어떤 이야기인지 물어봐도 될까요?
체호프	(잠시 망설이다가) ……한 남자에 대한 것입니다. 삶의 공포에 온몸이 젖어 있는.
마리	(웃으며) 삶의 공포라니. 왠지 재미있는 이야기처럼

들리는데요.

체호프　…….

마리　새로운 희곡은 쓰지 않으실 건가요?

체호프　아마도 당분간은……. 아닙니다, 잘 모르겠습니다.

마리　〈숲의 수호신〉 때문인가요?

체호프　…….

마리　죄송해요. 제가 쓸데없는 소릴 지껄였네요.

체호프　……틀린 말은 아니지요.

마리　그렇지만 아브라모프극장으로 희곡을 넘기신 것은
　　　　백번 잘하신 결정이었다고 생각해요.

체호프　그들 역시 작품을 이해하지 못한다는 점에서는 똑
　　　　같은 자들이었죠.

마리　…….

두 사람, 말을 이어 나가지 못한다.

마리　(화제를 돌리며) 그 작자가 포도주 열 병을 모두 지켜
　　　　내고 있다는 걸 알고 계시나요?

체호프　점심 식사 시간에 파샤에게 들었습니다. 그렇지만
　　　　아직 이틀이 남았으니 두고 봐야 하지 않겠습니까?

마리　(잠시 침묵을 지키다가) 당신도 내가 캬쟈를 받아들여
　　　　야 했다고 생각하나요?

체호프	글쎄요. 어려운 얘기입니다. 그렇지만 나는……, 마리 당신을 이해하고 있어요.
마리	……이해라고 하셨나요?

체호프, 마리를 바라보다 시선을 피한다.

마리	친구가 없어서 따분하시죠?
체호프	실린은 매일 바쁜 것 같습니다.
마리	그는 해가 떠 있는 동안 집 안에 머무는 것을 두려워하니까요. 무슨 일이든 이 집에서 나갈 구실을 만들어내는 것이죠.

침묵.

체호프	드미트리가 파블롭스크에 있는 말 경매장에 간다고 했던 것이 내일이던가요?
마리	……아마도.
체호프	……그렇다면 저도 내일 가야겠습니다. (말을 흐리며) 원고도 대충 정리가 된 것 같으니.
마리	……물론이죠. 남편이 집에 없는데 여기 남아 계실 순 없죠.

서로를 바라보는 두 사람.

정적이 흐른다.

잠시 후, 파샤가 현관문을 열고 급히 거실로 들어선다.

파샤   (다급한 목소리로) 큰일 났습니다, 마님.

마리   무슨 일인데 그래, 파샤. 얼굴은 하얗게 질려가지고.

몸을 떨며, 쉽게 말을 꺼내지 못하는 파샤.

마리   무슨 일이냐니까?

파샤   그게 방금 드이모프 농장에서 연락이 왔는데 글쎄……,

마리   글쎄 뭐?

파샤   캬샤가, 캬샤가, ……죽은 모양입니다.

마리   뭐?

체호프   …….

파샤   (울먹이며) 그 어리숙한 것이, 오늘 새벽……, 헛간에서 목을 매달았다고…….

마리, 아무 말도 못 하고 파샤를 바라보며 얼어붙는다.

체호프, 그런 마리를 바라보다 두 눈을 감는다.

암전.

6장

"올바른 사람은 없다. 단 한 사람도 없다.

깨닫는 사람도, 하나님을 찾는 사람도 없다.

모두가 비뚤어져 쓸모없게 되었다.

선한 일을 하는 사람은 없다. 단 한 사람도 없다."

_로마서 3장 10절, 11절, 12절

밤. 실린의 집 거실.

실린과 체호프가 술잔을 기울이고 있다.

벽난로의 불빛이 불길하게 일렁거린다.

실린　　　(침묵을 깨며) 일이 이상하게 되어버렸습니다.

체호프　　…….

실린　　　덕분에 나는 용서받지 못할 자가 되어버린 기분입니다.

체호프　　그럴 필요까지야 있겠습니까.

실린　　　적어도 주사위를 던지는 자가 자비로움까지 가지려

한 죄는 남아 있을 테지요.

실린, 자리에서 일어나 술잔을 들고 벽난로 앞으로 걸어간다.

체호프 드미트리 페트로비치 실린. 당신은 며칠 전 40인의 순교자에 관한 이야기를 하며, 하나님에게 등을 돌리고 죽은 병사에 대해서 이야기했습니다. 당신은 그에게 관심이 있다고 이야기했죠.

실린 그랬습니다.

체호프 그러나 나는 당신이 말하지 않았던 감동적인 뒷부분에 관심이 있습니다.

실린 (냉소를 띠며) 마흔 개의 면류관이 하늘에서 내려오자 비어 있던 한 자리를 차지한 이교도 병사 말입니까?

체호프 그렇습니다. 동료의 배교로 인하여 서른아홉 명의 병사들은 슬픔으로 가득 차올랐지요. 그럼에도 불구하고 그들은 멈추지 않고 하나님께 기도를 올렸습니다. 그때 그들을 핍박하던 이교도 병사들 중 한 명이 모닥불 곁에서 잠에 빠져들었다가 신비한 꿈을 꾸게 되지요. 갑자기 하늘로부터 천사장이 내려와 이 장엄한 인내자들의 머리에 영원불멸의 면류관을 씌우는 걸 보았던 것입니다. 잠에서 깬 병사는 배교한 후 죽음을 맞이한 마흔 번째 병사의 주검을 돌아보았습니다. 그리고 죽은 병사의 면류관이 하나 남아 있다는 것을 깨닫고는 스스로 옷을 벗어던지고 벅찬 감격에 빠져 자신 역시 기독교인이라 소리쳤지요. (목소리를 점점 높이며) 소리침과 동시에 그는 기독교 병사들의 얼음물 속으로 뛰어들었고 그들과 함께 죽임을 당할 것을 선언하였습니다. (자리에서 일어나 실린을 똑바로 바라보며) 그는 비록 물로 세례를 받지는 못했지만 '보혈의 세례'를 받고자 자기 몸을 바친 것입니다. 이리하여 순교자의 숫자는 약속된 처음처럼 정확히 마흔 명이 되었고, 모든 면류관은 주인을 찾을 수 있었죠.

실린 (말을 자르며 성난 목소리로) 나는 그것을 이해할 수가 없어요. 이것이 어찌하여 감동적이란 말입니까? 비어 있던 한 자리를 차지한 이교도 병사에게 면류관이 가당키나 한 것일까요? 도무지 신의 뜻은 어디에 있는 것이지요? (울부짖듯) 얼음물 속에서 뛰쳐나온 병사는 죽음과 같은 3일을 버티지 않았습니까? 그때 하나님은 도대체 어디에서 뭘 하고 계셨단 말입니까?

체호프 …….

체호프, 무표정한 얼굴로 실린의 성난 얼굴을 바라본다.

뒤로 물러나 천천히 자신의 자리로 돌아가는 체호프.

실린   (급히 술잔을 비운 후 얼굴을 훔치고 나서) ……미안합
니다, 친구. 쓸데없이 흥분해버리고 말았습니다.

체호프, 대답 없이 일렁이는 벽난로의 불길을 바라본다.

파샤가 거실로 들어온다.

파샤   마님께서 오셨습니다.

실린   그래? 생각보다 일찍 돌아왔군.

마리, 현관문을 열고 거실로 들어온다.

마리의 외투를 받아 드는 파샤.

실린   그래, 캬쟈의 얼굴을 보았소, 마리?

마리, 대답 없이 경멸의 눈으로 실린을 쳐다본다.

실린, 마리의 눈을 피해 창밖으로 시선을 돌린다.

실린   오늘도 밤안개가 잔뜩 피어오른 모양이군. 이리 와
서 벽난로에 몸을 녹이도록 하시오, 마리. (술잔을 탁

자 위에 내려놓은 후 체호프에게) 저는 그만 일어나보
겠습니다. 경매장에 가려면 새벽 3시에 일어나야 하
니 이해해주시기 바랍니다, 친구.

체호프　　(자리에서 일어나며) 그러시지요. 따로 인사도 못 할
　　　　　　것 같으니 미리 인사드리겠습니다. 잘 지내다 갑니
　　　　　　다. 드미트리 페트로비치 실린, 당신이 원고를 읽어
　　　　　　봐준 덕분에 제가 놓친 부분이 무엇인지 알게 되었
　　　　　　습니다. 책이 나오면 제일 먼저 당신에게 보내드릴
　　　　　　테니 다시 한 번 읽어봐주시겠는지요.

실린　　　그렇다면 나야 영광이지요. 기쁜 마음으로 그 순간
　　　　　　을 기다리고 있겠습니다. (체호프의 손을 잡으며) 책의
　　　　　　발행과는 상관없이 새해의 첫 달에 또다시 이곳에
　　　　　　오시겠다고 말해주지 않겠습니까, 나의 친구. 그렇
　　　　　　다면 나와 마리는 내일부터 기쁜 마음으로 새해를
　　　　　　기다릴 수 있을 것 같습니다만.

체호프　　……그렇게 하지요. 마다할 이유가 없지 않겠습니
　　　　　　까.

실린　　　고맙습니다, 나의 친구.

실린, 웃음기 어린 얼굴 표정을 지어 보인다.

실린　　　(마리에게) 늦잠을 자면 안 되니까 나는 오늘 바깥채

에서 자겠소.

실린, 문 앞 옷걸이에서 외투를 걸쳐 입고 밖으로 나가려다 돌아선다.

실린   (주위를 한 번 돌아본 후 누구에게 말하는 건지 모르게) 그런데 어디서 이상한 냄새가 나는 것 같지 않습니까?

체호프   …….

아무도 대꾸가 없자 그대로 밖으로 나가는 실린.

파샤   마님, 차라도 한잔 가져다드릴까요?

마리   아니, 여기에 있는 포도주를 마실 테니 유모도 그만 들어가 쉬도록 해.

파샤   알겠습니다, 마님. 그럼.

파샤, 부엌으로 들어간다.

마리, 천천히 실린이 앉아 있던 의자로 걸어와 앉는다.

체호프   상심이 크시겠습니다, 마리.

마리   (실린이 마시던 잔에 포도주를 따르며) 목이 마르군요.

마리, 단숨에 포도주를 비운다.

다시 잔을 채우고 비우는 마리.

체호프　　천천히 드시지요.

마리　　왜요? 제가 주정이라도 할까 봐서요?

체호프　　…….

마리　　걱정하지 마세요. 나는 쉽게 취하는 여자가 아니랍
니다.

체호프　　……카쟈를 만나보셨는지요.

마리　　아니요. 보지 않았어요. 아니, 정확히 말하면 드이모
프 농장에 가지도 않았어요. 중간에 마차를 돌려 되
돌아왔으니까요.

체호프　　…….

마리　　저를 비난하셔도 좋아요. 그렇지만 나는 보지 않는
것이 더 좋겠다고 생각했어요. 죽은 아이의 얼굴을
본다고 해서 다시 살아나는 것도 아닐 테니. (사이)
살아나는 것은 저의 죄책감뿐일 테죠.

체호프　　마리를 비난할 수 있는 사람은 아무도 없습니다.

마리　　그럴까요?

체호프　　물론입니다.

마리　　그렇다면 나라도 스스로를 비난해야겠군요.

체호프　　자책감을 가질 일이 아닙니다, 마리.

마리　그럼 캬쟈는 왜 죽은 것이죠? 누구의 잘못도 아닌데, 그녀는 왜 목을 매달은 것일까요?

체호프　…….

마리　죄송해요. 당신에게 화를 내다니. 제 어리석음을 용서하세요.

체호프　아닙니다. 나는 괜찮습니다.

침묵.

마리　드미트리와 무슨 이야기를 나누고 계셨죠?

체호프　별 이야기 없었습니다. 그냥 의미 없는 소소한 이야기였죠.

침묵.

마리　(술잔을 비운 후) 저와 있는 것이 불편하시다면 가서 주무세요. 당신이 드미트리의 친구이기 때문에 그 아내까지 보살펴야 할 의무는 없지요. 폐 끼치고 싶지 않아요.

체호프　……그 말씀이 저를 서운하게 만드는군요.

두 사람, 서로를 바라본다.

마리   (시선을 피하며) 그렇다면 사할린 이야기를 좀 더 해 주시겠어요? 정말 그곳에 간 이유는 무엇이었지요?

체호프   ……글쎄요. 당신이 어떤 이야기를 듣고 싶어 하시는지 모르겠습니다.

마리   (술잔을 채워 마신 후) 보세요. 결국 당신은 이런 식이지요. 원하는 것이 손에 닿기만 하면 언제나 도망치기 급급한.

체호프   …….

마리   (체호프를 정면으로 쳐다보며) 2년 전 새해에 당신과 나 사이에 있었던 일을 모두 잊어버리신 건가요?

체호프   …….

마리   대답을 못 하시니 정말 잊어버리신 모양이군요. 그렇다면 똑바로 말씀드리지요. 나와 당신은 바로 저기 테라스 위에서 입을 맞추었지요. 달빛도 없었고, 겨울 안개만 자욱했지만 그래도 나는 똑똑히 기억하고 있어요. 내가 신열에 들떠 악몽이라도 꾼 것일까요?

체호프   (눈을 감으며 탄식하듯) 마리.

마리   그날 당신은 나를 가여운 눈동자로 바라봐주었어요. 나의 불행한 결혼 생활을 안타까워했으며, 배우로서의 나의 재능을 누구보다도 아쉬워한다고 말해주었죠. 아닌가요?

체호프　　　나 역시 단 한 번도 그날을 잊어버린 적이 없소.

마리　　　　아니요. 당신은 잊어버린 것이 분명해요. 그 하룻밤
을 남겨놓은 채 더 이상 이곳을 찾아오지 않았으니
까. 생각해보세요. 당신이 사할린으로 떠났다는 소
식을 한참 후에야 풍문으로 들었을 때의 내 기분을.
(입술을 깨물며) 나는 내가 잃어버린 것이 무엇인지
알기 위해 매일매일 진창 속에 몸을 밀어 넣어야 했
어요. 그러나 도무지 내가 만났던 당신의 마음이 무
엇인지 찾을 수 없었죠.

침묵.

체호프　　　……내가 사할린에 가고자 했을 때 사람들은 하나
같이 그곳에 무엇이 있기에 거기로 가려 하느냐 물
었습니다.

마리　　　　…….

체호프　　　어떤 이는 그곳이야말로 세상의 끝이라고 했고, 또
다른 이는 하나님이 자신의 분노를 배출할 땅이 필
요해서 사할린을 만들어놓은 것이라고 이야기했습
니다. 모든 사람들에게 그곳은 불길함과 비참함의
상징이었으므로 어쩌면 이와 같은 반응은 당연한
것이었죠.

마리 그럼에도 불구하고 당신은 그곳에 갔어요. 이곳의
일을 모두 잊어버린 사람처럼. 아닌가요? 도대체 왜
죠?

체호프, 지친 눈동자로 마리를 바라본다.

체호프 ······아무래도 나는 폐허가 보고 싶었던 모양입니다.

마리 ······폐허?

체호프 그렇습니다. 나는 폐허가 보고 싶었습니다. 인간을
이해하려는 노력 때문에 신의 분노를 뒤집어쓴 얼어
붙은 땅과, 불가해한 정념들이 뒤엉켜 서로를 집어
삼켜버리는 바다가 보고 싶었습니다. 그곳이라면 세
상의 모든 근심 어린 우수가 하릴없이 우스꽝스러
워질 것이라 생각했던 것이죠.

마리 그래서······, 그래서 원하는 걸 보았나요?

체호프 ······모르겠습니다. 내가 보았던 것이 무엇인지.

침묵.

마리 당신은 겁쟁이일 뿐이에요. 아니면 엄청난 허풍쟁이
이거나.

체호프 ·······.

마리　　　그렇다면 왜 또다시 여기에 온 것이죠? 자신이 보았던 것이 무엇인지도 모르면서 왜 또다시 여기에 온 것이냐고요.

체호프　　…….

마리, 포도주 잔을 끝까지 비운다.

그때 현관문이 큰 소리로 열리며 가브릴라가 거실로 들어선다.

가브릴라의 손에는 포도주 병이 들려 있다.

가브릴라　(취한 목소리로 과장되게) 아직 주무시지 않으셨군요. 다행입니다, 마리야 세르게예브나. 아, 작가 선생님도 계셨군요.

체호프　　자네, 기어이 포도주 병을 열고 말았군.

가브릴라　(포도주 병을 들어 보이며) 아무렴. 존경하는 드미트리 페트로비치 실린께서 이 포도주는 나 가브릴라에게 준 것이지 않습니까? 아직 저에게는 일곱 병이 남아 있으니 원하신다면 얼마든지 말씀만 하십쇼, 작가 선생님. 나는 술에 인색한 사람이 아닙니다. 마시고 싶다면 마시는 거지요.

마리　　　가브릴라, 여긴 당신이 함부로 들어올 곳이 아니야.

가브릴라　물론입죠, 마님. 그 점에 대해서라면 잘 알고 있습니다. 여기는 저 같은 미천한 것이 함부로 들락날락해

선 안 되는 곳이지요. 아무렴, 그렇고말굽쇼.

마리 그걸 알고 있다면 어서 여길 나가도록 해.

가브릴라 하지만 용건이 있어서 온 것이니 잠시만 저에게 자비를 베풀어주시지요, 아름다운 마리야 세르게예브나.

마리 용건이라니? 무슨 용건.

가브릴라 (악다구니를 쓰듯) 드미트리 페트로비치 실린!

체호프와 마리, 소리치는 가브릴라를 바라본다.

가브릴라 (주위를 둘러보며) 존경하는 드미트리 페트로비치 실린은 어디 가셨습니까? 제 용건은 주인어른에게 말씀드려야 하는 용건입니다. 자고로 중요한 일들은 남자들의 입에서 나오는 법입죠.

체호프 드미트리는 내일 새벽 경매장에 가기 위해 일찍 자리에 들었네. 그러니 급하지 않은 거라면 내일 다시 찾아오도록 하게.

가브릴라 세상에 급하지 않은 용건도 있습니까, 작가 선생님? 모든 용건들은 다 그 나름대로 급한 법이지요.

마리 중요한 게 아니면 내일 얘기하란 말이야!

가브릴라 (매서운 눈초리로) 아름다운 마리야 세르게예브나. 아시겠지만 캬쟈가 죽었습니다. 그 어리숙한 계집년이

목을 매달아 스스로 죽었단 말입니다. 이 점에 대해서 나는 드미트리 페트로비치 실린과 이야기해야 할 것이 남아 있단 말입니다. 그러니 주인어른과 이야기할 수 있게 해주시지요.

마리 캬샤가 왜 죽었는데. 이 모든 불행의 시작이 어디서부터 시작된 건지 모른단 말이야?

가브릴라 아니, 너무 잘 알고 있습니다요. 그녀가 죽은 이유는 저를 동정했기 때문입죠. 그녀의 동정심이 그녀의 목숨을 빼앗아 간 것입니다. 왜 아니겠습니까?

마리 (탁자를 내려치며) 이런 더러운 작자를 봤나. 어디서 입을 함부로 놀리는 거야.

체호프 당장 여길 나가도록 하게. 자네를 위해서 하는 말이니 고집부리지 말고.

가브릴라 (체호프를 노려보며) 그러면 저는 어떻게 되는 것입니까, 작가 선생님? 존경하는 드미트리 페트로비치 실린이 안 계시다면 여기서 저와 주인어른이 맺은 계약을 증명해주실 분은 오직 작가 선생님뿐입니다. 그러니 말씀해주시지요. 저는 이제 어떻게 되는 겁니까? 저도 헛간에서 목이라도 매달깝쇼?

마리 (자리에서 일어서며) 당장 나가. 나가라고!

가브릴라 (무시하듯 웃음을 지어 보이며) 저는 아직 세 병밖에 마시지 않았습니다요. 그리고 무엇보다 지난 사흘 동안 단 한 방울의 술도 마시지 않았다는 것을 분명히 말씀드리는 바입니다요. (포도주를 한 모금 마신 후) 제가 왜 그랬는지 아십니까? 아마 작가 선생님은 알고 계실 테죠. 그렇지만 그것이 저에게 얼마나 힘든 일이었는지는 모르실 겁니다.

마리　그만. 그만하래도.

가브릴라　매일 아침 눈을 뜰 때마다 돌아가신 제 부친께 제가 뭐라고 부탁의 기도를 올렸는지 짐작이라도 하십니까, 작가 선생님? (포도주를 한 모금 마신 후) 저를 살려달라고 기도했습니다. 더 이상 개돼지가 아닌 존재로 살게 해달라고 기도했단 말입니다. ……캬쟈가 그 더러운 드이모프의 농장에서 나와 이곳에서, 아름다운 마리야 세르게예브나의 종으로서 살 수만 있다면 닷새 동안만이라도 제 목구멍을 묶어달라고 기도했단 말입니다. ……아시겠습니까?

마리　(눈을 감고 귀를 틀어막으며) 그만!

마리, 소리 지른 후 무너지듯 바닥에 주저앉는다.

가브릴라　그렇지만 다 끝났습니다. 어리석은 캬쟈는 죽었고, 나는 술병을 열었습니다. 아니, 술병을 여니까 캬쟈가 죽었던가? 아무렴 어때. 나에게는 아직 일곱 병의 포도주가 남아 있는데. ……만세! 만세! 만세!

자리에서 일어나 가브릴라에게 다가가는 체호프.
그의 손목을 거칠게 움켜잡는다.

체호프　　알았으니 어서 여길 나가게. 어서! 사람을 부르기 전
　　　　　　에.

가브릴라, 자신의 손목을 붙잡고 있는 체호프를 잠시 노려본다.
팔을 들어 올려 체호프의 손을 거칠게 뿌리치는 가브릴라.

가브릴라　（뒤로 한 걸음 물러서며) 알겠습니다. 그렇지만 가기
　　　　　　전에 한 가지 부탁이 있습니다요, 작가 선생님.
체호프　　부탁이라니……. 무슨 부탁.
가브릴라　（포도주를 한 모금 마신 후) 저는 방금 포도주 한 병
　　　　　　을 땅속 어딘가에 묻어두고 왔습니다. 그곳은 정원
　　　　　　의 일곱 번째 담장이 시작되는 곳이지요. ……이것
　　　　　　을 잘 기억해주십시오. 거기는 캬쟈와 제가 달빛 아
　　　　　　래에서 처음으로 입을 맞추었던 곳입니다.
체호프　　…….
가브릴라　（손으로 얼굴을 훔친 뒤) 아마 저는 여기서 나가 제가
　　　　　　가지고 있는 술을 해가 뜰 때까지 마실지 모릅니다.

그렇지만 분명 일곱 번째 담장이 시작되는 곳에 묻어둔 한 병의 포도주는 잊어버리고 말 테죠. (포도주를 한 모금 마신 후) 이것이 제가 할 수 있는 '필사의 의지'라는 것을 기억해주셨으면 합니다. 그러니 제가 아무리 물어봐도 대답해주지 마시고, 이틀 후 드미트리 페트로비치 실린께서 말씀하신 10일의 시험이 끝난 후 저에게 그곳을 상기시켜주시지 않으시겠습니까, 작가 선생님?

가브릴라의 입에서 나온 '필사의 의지'라는 말에 한참 동안 대답하지 못하는 체호프.
가브릴라, 다시 포도주를 마시고 난 후 천장을 올려다본다.

가브릴라 (힘겹게 울음을 삼키며) 그러면 저는 그 술을, 어리석은 그래서 더 가엾고 불쌍한, 카쟈의 무덤에 뿌려줄 수 있을 겁니다.

가브릴라의 말에 뒤로 주춤거리며 물러서는 체호프.
현기증이 이는 사람처럼 비틀거리다 의자에 주저앉는다.

체호프 ……그렇게, 하겠네.
가브릴라 고맙습니다요, 작가 선생님.

가브릴라, 체호프에게 고개 숙인다.

바닥에 주저앉아 눈물을 흘리기 시작하는 마리.

체호프　　이제 그만 나가보게.

가브릴라　(술병을 들고 노래 부르듯) 달빛은 영롱하게 빛나고,
　　　　　　비통하게 죽은 모든 성인들은 나를 축복하시네.
　　　　　　……브라보.

가브릴라, 몸을 돌려 밖으로 나간다.

체호프, 울고 있는 마리를 한참 동안 바라보다 자리에서 일어난다.

마리에게 다가가 그녀의 어깨에 손을 올려놓는 체호프.

마리, 고개를 들어 눈물이 그렁한 눈으로 체호프를 올려다본다.

마리　　　나는 당신에게 눈물로 맹세를 했어요. ……그런데
　　　　　　당신은 내 사랑을 의심하셨던 건가요?

체호프, 괴로운 듯 뒤로 물러서며 입술을 깨문다.

허리를 굽혀 탄식에 가까운 신음을 내뱉는 체호프.

마리　　　(그런 체호프를 비웃듯이) 나와 사랑에 빠지면 당신이
　　　　　　얼마나 불행해질지 상상이 가네요! 두고 봐요, 언젠
　　　　　　가 당신 목에 매달릴 테니까…….

자리에서 일어나는 마리, 괴로워하는 체호프를 바라본다.

마리　　　당신이 놀라서 도망치는 꼴을 또다시 보게 되겠지
　　　　　　요. 재미있을 거야.

슬픈 얼굴로 헛웃음을 지어 보이는 마리.
체호프, 급히 몸을 돌려 마리를 움켜쥐듯 끌어안는다.
정적.

잠시 후, 밖에서 가브릴라의 술 취한 목소리가 희미하게 들려온다.

가브릴라　　(목소리) 나는 자유로운 사람이야, 이 머저리들아. 나
　　　　　　는 반듯한 가문 출신이라고. 알기나 해?

천천히 체호프의 품에서 미끄러지듯 빠져나오는 마리.

마리　　　(고개를 숙인 후 부엌 쪽으로 몸을 돌리며) 너무 늦었군
　　　　　　요. ……편히 주무세요.

체호프, 돌아서는 마리의 손목을 붙잡는다.

체호프　　만약 편히 자게 된다면……, 나는 오늘 밤을 저주할

겁니다.

고개를 들어 체호프를 바라보는 마리.

두 사람, 침묵하듯 입 맞춘다.

암전.

7장

"어찌하여 사람에게 마음을 두십니까?

어찌하여 아침마다 그를 찾아오셔서

순간순간 그를 시험하십니까?

언제까지 내게서 눈을 떼지 않으시렵니까?

침 꼴깍 삼키는 동안만이라도,

나를 좀 내버려두실 수 없습니까?"

_욥기 7장 17절, 18절, 19절

새벽. 실린의 집, 어두운 거실.

창을 통해 들어온 달빛만이 거실 윤곽을 드러내고 있다.

잠시 후, 잠옷 차림의 마리가 거실로 들어선다.

바닥에 떨어진 자신의 옷가지를 하나씩 주워 챙기는 마리.

그때, 실린이 현관문을 열고 거실로 들어선다.

실린과 마리, 멀리 떨어진 곳에서 서로를 응시한다.

실린　　　……혹시 내 겨울 털신, 못 보았소?

마리, 경멸하는 눈으로 실린을 쳐다볼 뿐 아무 대답이 없다.

마리의 시선을 피하며 현관문 앞 서랍장을 열어 보는 실린.

그때, 부엌 쪽에서 풀어진 잠옷 차림의 체호프가 등장한다.

체호프의 손에는 마리의 스카프가 들려 있다.

실린, 체호프를 본 후 이상한 미소를 짓고는 손을 모아 기침을 한다.

체호프, 실린과 눈이 마주치자 얼어붙은 사람처럼 멈춰 선다.

기침하는 실린을 바라보다 자신의 옷가지를 들고 천천히 부엌 쪽으로

향하는 마리.

멈춰 선 체호프의 얼굴을 쳐다보지 않고 그대로 지나쳐 부엌으로 사라

진다.

실린　　　(시선을 피하듯 천장 모서리를 보며) ……눈이, 눈이 내
　　　　　　리기 시작합니다. 먼 길을 떠나는 이들에게 겨울 털
　　　　　　신이 필요한 계절이지요.

실린, 서랍장 문을 닫다가 의자 뒤에서 구두 상자를 발견한다.

천천히 허리를 굽혀 구두 상자를 집어 드는 실린.

상자를 열어본다.

죽은 쥐가 썩고 있다.

무표정한 얼굴로 한참 동안 미동도 없이 상자 안을 들여다보는 실린.

천천히 상자를 닫는다.

실린, 손에 상자를 든 채 체호프를 향해 몸을 돌린다.

실린   (거실 위로 길게 늘어져 있는 체호프의 그림자를 바라보
며) ……나는 아마 태어나면서부터 아무것도 이해하
지 못할 놈이었던 모양입니다. 당신이 무언가를 이
해한다면…….

실린, 마른기침을 한 후 고개를 들어 체호프를 바라본다.

실린   그렇다면 당신에게 축하를 드리지요. (적의조차 없는
공허한 눈빛으로) ……내 눈에는 사방이, 컴컴해 보여
요.

다시, 기침을 하는 실린.

천천히 몸을 돌린 후 구두 상자를 들고 밖으로 나간다.

거실에 홀로 남은 체호프.

고개 돌려 마리가 사라진 부엌과 실린이 사라진 현관문을 번갈아 바
라본다.

얼어붙은 사람처럼 어디로도 움직이지 못하는 체호프.

잠시 후 밖에서 마차가 출발하는 소리 들려온다.

체호프, 마리의 스카프를 들고 멍하니 서 있다.

그의 등 뒤로 희미하게 파도 소리 들려오기 시작한다.

체호프, 고개를 들어 정면(객석)을 응시한다.

누군가를 집어삼키듯 거친 파도 소리만이 무대 위에 울려 퍼진다.

막

참고 및 인용 자료   안톤 체호프, 『체호프 단편선』, 박현섭 옮김, 민음사, 2002.

안톤 체호프, 『안톤 체호프 사할린 섬』, 배대화 옮김, 동북아역사
재단, 2013.

『공동번역성서 개정판』, 대한성서공회, 2017.

『성경 새번역』, 대한성서공회, 2001.

『성경 개혁한글』, 대한성서공회, 1961.

우리들 눈동자가
하는 일

시간	4월의 평일 오후

공간	도시 외곽의 어느 공공임대아파트 거실

등장인물	정안	삼십대 후반, 연극배우
	송연	삼십대 후반, 전직 연극배우, 연기 입시학원 강사, 극 중 상자 역할을 겸함
	연수	삼십대 후반, 케이블 설치 기사

무대 무대 오른쪽에 3인용 크림색 소파가 있고, 그 옆으로 기다란 전신 거울이 있다. 왼쪽 벽면에는 거실장과 TV, 그 옆으로 이삿짐이 담긴 상자 몇 개가 보인다. 무대 후면에 얇은 천(샤)으로 만든 벽체가 세워져 있고, 벽체 뒷면은 안방이다. 안방에는 침대가 놓여 있다.

정안, 정사각형의 작은 나무 상자를 들고 전신 거울 앞에 선다.

기차 지나가는 소리 희미하게 울려 퍼진다.

정안   "나는 내가 원하던 사람이 아니다."

정안, 전신 거울을 잠시 바라보다 무대 정면을 향해 등을 돌린다.

정안   (손에 든 상자를 내려다보며) "눈이 멀기 전에는 면도를 할 때마다 이렇게 중얼거렸죠, 어머니. '나는 내가 원하던 사람이 아니다.' 뜨거운 수증기가 거울을 덮기 전까지 나는 거울 속 남자의 얼굴을 유심히 들여다봐요. 어떤 감정도 남아 있지 않은 연인의 얼굴을 바라보는 사람처럼. 헤어지자는 말을 어렵게 꺼내듯이 까칠한 목소리로. '나는 내가 원하던 사람이 아니다.' 그러고는 뜨거운 물에 면도날을 가져다 대지요. 수증기는 욕실을 가득 채우고, 이내 거울 속 남자를 지워내요. 욕실이 좋은 이유는 늘 혼자 있을 수 있다는 거예요." (피식 웃고 나서) "눈이 멀고 나니 세상 전부가 욕실이 되어버렸지만."

정안, 자신의 목소리가 마음에 들지 않는 듯 고개를 젓는다.

파자마를 입은 송연이 무대 오른쪽 안방 문을 열고 등장해 왼쪽으로 사라진다.

정안, 송연을 잠시 돌아본 후 다시 거울을 본다.

정안   "눈이 멀고 나니 세상 전부가 욕실이 되어버렸지만. 빌어먹을, 온 세상이 어두워진 대신 욕실에는 거울이 더 많아졌어요. 천장에도 바닥에도 거울이 넘쳐나요. 아무것도 보이지 않는데, 내 얼굴만은 더욱 또렷하게 보여요. 끔찍하다는 말이 무슨 뜻인지 알아요, 어머니?" (사이) "내 말 듣고 있어요? 내 말 듣고 있냐고요."

양변기 물 내려가는 소리.

잠시 후 무대 왼쪽에서 송연이 다시 등장한다.

정안, 고개를 돌려 송연을 바라본 후 손에 든 상자를 소파 위에 내려놓는다.

정안   나 때문에 깼어? 작은방에서 할까?

송연, 기지개를 켠 후 손을 뻗어 가로젓는다.

정안   이사하느라 피곤했을 텐데 좀 더 자.

송연   아니야, 다 잤어. (소파에 앉으며) 기차 지나가는 소리가 생각보다 크네. 걱정이다.

정안　몰랐던 것도 아니고. 각오했잖아.

송연　그래도.

송연, 정안이 소파에 내려놓은 상자를 만져본다.

송연　이게 어머니라고?

정안, 고개를 끄덕인 후 바닥에 주저앉는다.

송연　죽은 거야? 유골함?

정안　글쎄……. 모르겠어.

송연　모르다니. 대본에 없어?

정안　없어. 그냥 등장인물에 "어머니는 상자가 되어 있다"
　　　　라고만 쓰여 있어.

송연　연습 첫날에 작가 안 왔어? 작가한테 물어보지.

정안　안 왔어. 전체 런 들어갈 때나 올 모양이야.

송연　연출은 뭐래?

정안　알아서 능동적으로 해석해보래.

송연　(어이없다는 표정으로) 하나같이 우리 아버지 같네.

정안　뭐가?

송연　무책임하다고.

정안, 피식 웃고 만다.

송연, 상자 속에서 대본을 꺼내어 펼쳐 본다.

송연   뭐야, 어머니 대사도 있네.

정안   나보다 더 많아.

송연   이 대사는 누가 하는데?

정안   무대 뒤에서 소리만 들리게 할 거래. 상자에 작은 구
멍 뚫어서 대사 칠 때 붉은빛 나오게 만들고.

송연   (빈정거리듯) 여러 가지 한다. 대사가 있는 걸 보니
죽은 건 아닌가 보네.

정안   그게 어려워. 실제 어머니가 말하는 건지, 남자 자의
식이 만들어낸 말인지 알아야 뭘 좀 해보겠는데.

송연   (분량을 가늠하듯 대본을 끝까지 넘기며) 일인극이라면
서 길기도 하다.

정안   더군다나 남자가 앞을 못 봐.

송연   어머, 길고 진부하기까지.

송연, 말을 내뱉고 난 후 정안의 눈치를 슬쩍 살핀다.

송연   ……미안.

정안   (머리를 긁적이며) 아무튼 큰일이다. 괜히 덥석 한다
고 해가지고.

송연	그러니까 제발 술자리에서 출연 결정 좀 하지 말라고.
정안	못 한다고 말할 수가 없었다니깐. 들어간 공연 없는 거 뻔히 아는데.
송연	그래도 대본 읽어보고 나서 결정한다고 해야지. 하루 이틀도 아니고.
정안	나 아니면 안 된다고 계속 그러잖아. 극단 선배들 다 있는데 민망하게.
송연	제작은 누가 한다고 했지?
정안	연출이 직접. 기금도 좀 받은 거 같고.
송연	그놈의 지원금 얼마나 된다고.
정안	…….

송연, 파자마 주머니에서 휴대전화를 꺼내 시간을 확인한다.

송연	점심 어떻게 할래?
정안	……밥하기는 그렇지?
송연	뭐가 있어야. 냉장고가 없는데.
정안	내일 온다고 했나?
송연	냉장고는 모레, 정수기가 내일. 오늘은 케이블 설치하러 온다고 했고.
정안	몇 시에?

송연   오기 전에 전화 준대.

정안   그럼 짜장면이나 시켜 먹자.

송연   어제도 먹었잖아. 안 질려?

정안   난 괜찮은데.

송연   공연 연습 몇 시부터라고 했지?

정안   7시. 큰일이네. 절반이라도 외우고 가야 하는데.

송연   대사 좀 쳐줄까?

정안   그럼 좋고.

송연   일단 밥부터 먹자. 내가 나가서 뭐 좀 사 올게. 동네
         도 좀 둘러보고.

정안   그럴래?

송연   물은 사다 놓은 거 있지?

송연, 자리에서 일어난다.

정안   없어. 어젯밤 우리가 마신 게 끝이야. 아침에 일어나
         서 그냥 수돗물 먹었어.

송연, 정안을 쳐다본다.
멀리 기차 지나가는 소리가 거실에 울려 퍼진다.

송연   (창밖을 쳐다보며) 끝내주네.

송연, 안방으로 들어간다.

혼자 남은 정안, 자리에서 일어나 상자를 들고 거울 앞에 선다.

정안　　　　"할 만큼 했다는 거 아시잖아요, 어머니. 저에게 뭐라
　　　　　　고 하시면 어머니는 사람도 아니에요. 아, 어머니는
　　　　　　사람이 아니라 상자가 되어버리셨죠. 편하시겠어요.
　　　　　　팔도 없고 다리도 없으니……. 젠장, 왜 내가 어머니
　　　　　　팔이 되어드려야 하죠. 왜 어머니 다리가 되어드려야
　　　　　　하냐고요. 나도 이제 좀 쉬고 싶어요. 쉬고 싶다고
　　　　　　요."

정안, 상자를 바닥에 내려놓고 소파에 앉아 대본을 펼쳐 든다.

정안　　　　(어머니의 목소리로) "그래서 네 동생의 목을 그렇게
　　　　　　조른 거니? 그 가여운 아이를……." (남자의 목소리
　　　　　　로) "내가 조른 게 아니라, 그 녀석의 목이 내 손을
　　　　　　붙잡았어요. 내가 죽인 게 아니라 그 녀석이 내 손을
　　　　　　죽인 거라고요. 어머니는 몰라요. 아니, 알고 있으면
　　　　　　서 모르는 척하고 있는 거예요. 그게 편하니까. 그렇
　　　　　　죠? 어머니도 봤잖아요. 그 녀석의 눈동자. 그 눈동
　　　　　　자가 나에게 말했다고요. '형, 나를 내 몸에서 이제
　　　　　　그만 꺼내줘.'"

옷을 갈아입은 송연이 거실로 나온다.

손에는 지갑이 들려 있다.

송연	호러야? 대사 좀 이상해.
정안	그치?
송연	뭐 먹을래?
정안	아무거나. 당신 먹고 싶은 걸로 사 와.
송연	커피 마셔?
정안	커피는 됐고, 야쿠르트 좀 사다 줘.
송연	야쿠르트?
정안	응. 비싼 거 말고. 그냥 제일 싼 거. 뭔지 알지?
송연	야쿠르트는 왜? 유제품 먹으면 설사하잖아.
정안	먹을 거 아니야. 연습할 때 필요해서 그래.
송연	한 줄이면 돼?
정안	충분해.

송연, 반대쪽으로 퇴장한다.

정안, 대본을 펼쳐 잠시 들여다보다 '답답하다'는 표정으로 덮는다.

상자 속에 대본을 던져 넣고 소파에 길게 눕는 정안.

암전.

무대 밝아지면 거실에서 정안과 송연이 대본 연습을 하고 있다.

상자를 들고 거울 앞에 서 있는 정안.

소파에 앉아 대본을 보고 있는 송연.

정안   "어디서 달콤한 냄새가 나요, 어머니."

송연   "나는 모르겠구나, 얘야."

정안   "분명히 나요. 눈이 멀고 나니 냄새에 더 예민해져요. 냄새만큼 기억을 불러일으키는 것이 없어요."

송연   "목이 마르구나."

정안   "바람 속에 달콤한 냄새가 어려 있어요. 달짝지근한 설탕물 냄새. 가난의 냄새예요."

송연   "목이 마르다니까."

정안   (상자에 코를 대며) "그래요. 어머니에게서 이 냄새가 나요."

송연   "그러지 말고 야쿠르트 한 병만 마시게 해주렴."

정안   "그래, 그렇지. 바로 그 냄새예요. 끈적거리는 가난의 냄새."

송연   "그런 소리 마라. 그 손수레 덕분에 우리가 살 수 있었다."

정안   "창문이 천장 밑에 간신히 매달려 있던 반지하 방이 생각나요. 노란 모노륨 장판 위에 누워 있던 날들, 창문 밖으로 사람들의 다리가 지나가는 걸 보며 하루를 보냈던 날들 말이에요."

송연　　　"여름에는 하루에 1,500병 넘게 팔았던 적도 있다. 말도 마라. 대리점 사람들이 다 놀랐지. 다리가 아픈 줄도 몰랐으니까. 세상에! 1,500개를 팔려면 손수레를 끌고 그 언덕을 얼마나 오르내려야 하는 줄 아니?"

정안　　　"유통기한이 하루 남은 야쿠르트를 녀석과 나는 온종일 마셨어요. 아무리 조심히 떠먹여줘도 녀석은 끊임없이 그 노란 물을 모노륨 장판 위에 흘리곤 했어요. 이불에도 수건에도 책가방에도 그 냄새가 배어났어요."

송연　　　"그래서 네 동생을 품에 안을 때마다 그렇게 달콤한 냄새가 났던 거구나."

정안　　　"끈적거려요. 아무리 닦아내도 방 안 모든 곳이 끈적거려요. 어디를 가도, 아무리 나이를 먹어도 내 발밑에는 그 끈적거림이 남아 있어요."

송연, 대본에서 시선을 뗀다.

송연　　　뭐가 뭔지 하나도 모르겠네.

정안　　　어려울 것 없어. 그냥 네가 읽은 그대로야.

송연　　　그러니까 그게 뭐냐고.

정안　　　이 남자의 유년이 가난했다는 거잖아. 어머니는 야쿠르트 아줌마였던 거고. 야쿠르트 아줌마가 되기 전엔 케이크 만드는 공장에 다녔다고 뒤에 나와.

송연 동생은 뭐야? 어디 아파?

정안 뇌성마비.

송연 정말 여러 가지 하네.

정안 좀 그렇지?

송연 그러니까 동생은 뇌성마비에, 주인공 남자는 사고로 앞을 못 보고, 엄마는 죽기 살기로 일하다가 늙어서 상자로 변한다는 거잖아.

정안 대충 비슷해.

송연 (한심한 표정으로) 요즘도 이런 이야기를 쓰는 사람이 다 있네. 아버지는 보나마나 개차반이었겠군. 술 처먹고 밥상이나 뒤집는.

정안 아버지는 비오는 날 전봇대에서 떨어져 죽었어. 그 이야기도 나중에 나와.

송연 술 먹고 전봇대에 올라간 거야? 이 여자 때리고 도망치다가?

정안 아니, 한전 배전기사. 성실한 사람이었어. 남편이 죽고 나서 이 여자가 생활 전선에 뛰어든 것 같아. (사이) 그만할래?

송연 잠깐만. 그럼 이 남자가 동생을 죽인 거야? 저항도 못 하는 뇌성마비 동생을?

정안 　　아마도.

송연 　　(재미없다는 표정으로) 심각하네, 심각해.

정안 　　(상자를 바닥에 내려놓으며) 그만하자. 수고했다.

정안, 바닥에 주저앉아 플라스틱 병에 든 물을 마신다.

송연 　　앞 못 보는 연기는 어떻게 할 거야? 선글라스 쓸 거
　　　　야?

정안 　　연출이 질색해. 그냥 맨눈으로 하재.

송연 　　소극장이잖아. 시선 처리 잘해야 할 텐데. 객석에 아
　　　　는 사람이라도 와서 눈 마주치면 죽음일걸?

정안 　　(피식 웃으며) 급하면 손가락으로 눈이라도 찌르지
　　　　뭐.

송연 　　그거 뭐지? 바닥 더듬는 지팡이.

정안 　　로드.

송연 　　그건 사용하고?

정안 　　오늘 가서 연출하고 이야기해보려고.

송연 　　어머니를, 아니 상자를 들고 다니는 남자잖아. 그럼
　　　　로드 쓰기는 힘들지 않아?

정안 　　모르겠다. (한숨을 내쉰 후) 그려놓은 그림이 있는 건
　　　　지, 없는 건지. 무조건 편하게만 하라고 하니.

송연 　　한물갔다고 했잖아, 그 사람. 감 떨어진 지 한참 됐

어.

정안   그래도 사람은 나쁘지 않잖아. 의리도 있고.

송연   의리로 공연하자고 하는 놈들이 최악이야. 몰라서
그래.

정안   (무엇인가 생각난 듯) 맞다. 그러고 보니까 너 이 양반
하고 마지막 작품 같이 했지? 〈세 자매〉였나?

송연   에휴, 내가 미쳤지. 술자리에서 진지한 얼굴로 캐스
팅하는 인간들 정말 싫어.

정안   (피식 웃으며) 지도 그래놓고선.

송연   내가 당신을 닮는 건지, 당신이 날 닮는 건지 모르
겠다.

침묵.

송연   ……4년이나 됐네. 연기 그만둔 지.

정안   우리 결혼한 지 4년이나 됐나?

송연   40년은 된 것 같네.

정안   왜? 그리워?

송연   퍽이나.

송연, 바닥에 놓인 플라스틱 물병을 집어 든다.

정안   어? 너 그리운 얼굴이다.

송연   그만하시죠.

물을 마시는 송연.

정안   다시 하고 싶으면 해. 너 연기하는 거 나는 언제나
       찬성이니까.

송연   (물병에서 입을 떼며) 그만하라고.

정안, 머쓱한 표정으로 송연을 본다.

송연, 정안의 얼굴 쪽으로 고개를 내밀며 소리 없이 입 모양만 과장되
게 움직인다.

송연   (입 모양으로만) 그럼 네가 나 대신 학원에서 애들 가
       르치든가.

정안   뭐라는 거야? 다시 해봐.

송연   ……됐어. 두 번은 안 해. 끝. 완전 끝.

송연, 기침을 한다.

정안   감기 걸렸어?

송연   애들 발성 가르쳐주다가 내 목이 먼저 가겠다.

기차 지나가는 소리 희미하게 들린다.

고개를 돌려 무대 정면(창밖)을 바라보는 두 사람.

정안	정들겠네, 기차 소리.
송연	왜 임대아파트는 이런 곳에만 짓는 걸까?
정안	당연하잖아. 임대아파트니까.
송연	(피식 웃으며) 현명한 대답, 감사합니다.
정안	별말씀을 다.

침묵.

송연	연습 많이 해야 할 거야. 상자에서 어머니 목소리가 나온다고 해도 무대 위에 서는 건 혼자니까.
정안	그러게. 걱정이다.
송연	맹인 나오는 영화 뭐 없나? 다큐멘터리 같은 거. 그런 것 좀 보면 도움이 될 텐데.
정안	조연출이 찾아보겠대.
송연	그리고 거울 보고 연습하지 마. 도움 하나도 안 돼.
정안	왜?
송연	이상하잖아. 맹인 연기 하는 사람이 거울 보고 연습하는 거. 자꾸 자기 모습을 보려고 하는데 시선 처리가 제대로 되겠어?

정안	……그러네.
송연	차라리 연습실 오고 갈 때 길거리에서 맹인인 척 연기를 좀 해보든가. 사람들 많은 곳에서.
정안	구력이 있지, 쪽팔리게.
송연	그럼 그 구력 바리바리 손에 들고 무대 위에서 있는 힘껏 쪽팔려보든가.
정안	말을 해도 꼭……. (사이) 정말, 도움이 될까?
송연	된다니까 그러네. 옛날에 임신한 여자 역할 할 때, 난 배에 쿠션 넣은 상태로 버스도 타고 지하철도 타고 그랬어. 그것도 비구니 옷 입고.
정안	그 공연, 나 본 것 같은데. 제목이 뭐였지? 강제로 아이를 가지게 된 비구니 이야기.
송연	지하철 탈 때마다 사람들이 이상하게 쳐다보는데, 그제서야 내가 맡은 역할이 이해되더라. 이 여자가 얼마나 외롭고, 무섭고, 절망스러웠을지.
정안	제목이 뭐였지, 그거? 앙코르 공연도 여러 번 했잖아.
송연	나 그 작품으로 상도 받을 뻔했어. 연출 복이 없어서 막판에 퍼졌지만.
정안	……정말 뭐라도 해야 하나.
송연	해보라니깐. 거울 보고 아무리 그림 만들어봐야 사람들 시선 받으며 하는 연기 절대 못 따라와.

휴대전화의 문자 알림 소리가 들린다.

문자를 확인하는 송연.

정안　　　　학원 내일까지 쉰다고 했던가?

송연　　　　(고개를 끄덕인 후) 케이블 기사, 30분 후에 온다네.

답신 문자를 입력하는 송연.

정안, 그런 송연을 물끄러미 바라본다.

정안　　　　나, 알았어.

송연　　　　(시선을 휴대전화에 둔 채) 뭘?

정안　　　　……그럼 네가 나 대신 학원에서 애들 가르치든가.

송연, 문자를 보내다 말고 고개 들어 정안을 본다.

정안　　　　맞지? 아까 입 모양으로만 했던 말.

송연　　　　(시선을 다시 휴대전화로 돌리며) 빠르기도 하셔라.

정안　　　　……정말 내가 돈 벌 테니, 너 연기 다시 해볼래?

송연, 얼굴을 찡그리며 과장되게 손사래를 친다.

송연　　　　쓸데없는 소리 하지 마. 넌 죽었다 깨어나도 애들 못

가르쳐.

정안　왜? 내가 어때서?

송연　너 다른 사람 비위 못 맞추잖아. 싫으면 싫은 티 팍
팍 내고.

정안　……그게 무슨 상관인데?

송연　무슨 상관이긴. 연영과 입시학원에서 애들 가르치려
면 비위가 얼마나 좋아야 하는지 알기나 해?

송연, 문자 전송 버튼을 누르고 고개 들어 정안을 본다.

송연　됐고. 나한테 좋은 생각이 있어.

정안　……무슨 생각?

송연　케이블 설치하러 오는 아저씨한테 한번 해보자.

정안　하다니, 뭘?

송연　……맹인 연기.

정안　뭐? 얘가 정말. 들키면 어떡하려고.

송연　뭐가. 죄 짓는 것도 아니고 뭐가 어때. 공공장소에서
하는 것보단 마음 편할 거 아냐. 여기 우리 집인데
누가 뭐래.

정안　케이블 기사하고 말도 해야 할 거 아냐.

송연　그러니까 더 좋잖아.

정안　에이, 이상해. 생각만 해도 마음이 불편하다고.

송연	불편한 걸 넘어서야 진짜 연기가 나오지. 직접 해봐야 그 마음을 안다니까 그러네.
정안	…….
송연	한번 해봐, 응? 난 안방에 들어가 있을 테니까. 집에 혼자 있는 사람처럼.
정안	그래도, 이상해. 가까이서 내 눈도 볼 텐데.
송연	그럼 선글라스 쓰고 해봐. 감만 잡는다 생각하고.
정안	선글라스라……, 괜찮을까?
송연	문제 없다니까 그러네.
정안	케이블 설치하는 데 얼마나 걸릴까? 10분? 15분?
송연	그 정도면 될 거야. 케이블 설치할 동안 당신은 할 것도 없어. 그냥 맹인인 척 소파에 앉아만 있으면 돼.
정안	정말, 괜찮을까?
송연	걱정하지 마. 누가 맹인 흉낼 내고 있다고 생각하겠어?
정안	…….

희미하게 기차 지나가는 소리 들린다.

말없이 서로를 바라보는 두 사람.

암전.

현관문 열리는 소리와 함께 무대 밝아진다.

연수   (목소리) 실례합니다.

정안   (목소리) 아, 네.

연수   (주저하는 듯한 목소리) 케이블 신청……, 하셨죠?

정안   (목소리) 네, 맞습니다. (사이) 이쪽, 이쪽으로 들어오
세요.

선글라스를 쓴 정안, 벽면을 손으로 짚으며 천천히 거실로 들어선다.
공구 가방을 손에 든 연수가 정안의 뒤를 따라 들어온다.

정안   (걸음을 멈춘 후 뒤를 돌아보며) 문 닫혔죠?

연수   (뒤를 슬쩍 돌아본 후) 네, 닫았습니다.

정안   (선글라스를 만지며) 제가 눈이 좀 이래가지고……, 미
안합니다.

연수   ……아니, 아닙니다.

정안   (손을 엉거주춤하게 거실 어딘가로 뻗으며) 저기, 왼쪽에
TV 보이시나요?

연수   ……네.

정안   저기 달아주시면 됩니다.

연수   ……네.

연수, 정안의 얼굴을 쳐다본다.

정안   (변명하듯) 집사람이 TV를 끼고 살아서요. 이사 오자
         마자 케이블부터 신청했나 보네요.

연수   ……네.

침묵.

정안   (긴장을 감추며) 뭐 필요한 거 있으신가요?

연수   아닙니다. 그럼 실례하겠습니다.

연수, 정안을 지나쳐 거실장 앞에 가방을 내려놓고 바닥에 앉는다.

정안, 긴장한 표정으로 엉거주춤 벽면에 손을 짚고 서 있다.

연수, 가방을 열고 필요한 장비들을 꺼낸다.

연수   TV 한 대 신청하셨죠?

정안   네, 한 대. ……거기 있는 게 답니다.

연수   요즘은 보통 안방에도 TV를 따로 놓으시거든요.

정안   아내가 시끄러운 걸 싫어해서.

연수   …….

정안   (앞에 자신이 한 말과 모순된다는 생각에) TV 보는 것
         만큼 잠자는 것도 좋아하거든요. 안방은 무조건 조

　　　　　용해야 한다고 해서⋯⋯.

연수　　　네에.

침묵.

연수, 말없이 셋톱박스 상자를 꺼내 TV에 연결하기 시작한다.

정안, 천천히 발걸음을 옮겨 소파 근처로 걸어간다.

연수　　　(뒤를 돌아보며) 도와드릴까요?

정안　　　아니, 아닙니다. 괜찮습니다. 일 보세요.

연수　　　⋯⋯.

연수, 시선을 돌려 하던 일을 계속한다.

정안, 허리를 굽힌 후 손을 뻗어 소파를 확인하고는 자리에 앉는다.

정안　　　집이 바뀌니까 영 불편하네요. 가구들 있던 자리가
　　　　　다 달라지니까.

연수　　　네, 이사 자체가 힘든 일이죠.

정안, 소파에 앉아 작업 중인 연수의 뒷모습을 바라본다.

연수　　　(고개를 들어 TV 화면을 바라보며) 케이블 베이직 채널
　　　　　하고 인터넷 100메가 스마트 광랜 신청하셨는데, 맞

나요?

정안　아마, 그럴 겁니다. 아내가 신청한 거라 제가 잘······.

연수　(고개를 숙여 셋톱박스를 달며) 지금 행사 기간이라 월 4,900원만 더 내시면 프리미엄 채널하고 1기가 초고속 광랜으로 변경 가능하신데······.

정안　프리미엄 채널은 뭐가 다른가요?

연수　성인방송 같은 유료 채널 빼고, 지금 우리나라에서 하는 모든 케이블은 다 보실 수 있다고 생각하시면 돼요.

정안　네에. 아내가 신청한 거라 제가 잘······.

연수　······네.

정안　집사람 들어오면 한번 물어볼게요.

침묵.

연수, 바닥에 엎드리듯 허리를 굽힌 다음 셋톱박스에서 전선을 뽑아 거실장 안으로 손을 밀어 넣는다.

연수　물어보지 마세요. ······별 차이 없어요.

정안　네?

연수　보지도 않는 채널만 잔뜩 끼워져 있고, 인터넷 속도도 큰 차이 없거든요. 가정집에선 100메가면 충분해요. ……하지 마세요.

정안　　……네.

침묵.

연수　　(혼잣말처럼) 왜 콘센트를 이렇게 뽑아놨데.

정안　　네?

연수　　콘센트가 다른 곳보다 조금 낮게 설치되어 있네요.

정안　　많이 이상한가요?

연수　　아니에요. 거실장이 콘센트를 살짝 가리기는 하는
　　　　　데……, 콘센트 두 개 중 위에 거 같이 쓰면 되겠네
　　　　　요. 돼지코 끼워서.

연수, 허리를 펴고 앉는다.

연수　　(뒤를 돌아보며) 혹시 멀티탭 있으신가요?

정안　　(엉거주춤 자리에서 일어나려는 듯이) ……어디, 있긴
　　　　　있을 텐데.

연수　　아닙니다. 찾지 마세요.

연수, 자신의 가방을 뒤져 소형 멀티탭을 꺼낸다.

| 연수 | 비상용이 하나 있네요. (사이) 서비스입니다. |
| 정안 | 네, 고맙습니다. |

연수, 허리를 굽혀 멀티탭을 콘센트에 꽂은 후 전선을 연결한다.
마른기침을 하는 연수.

정안	음료수라도 하나 드릴까요?
연수	아닙니다. 괜찮습니다.
정안	(자리에서 일어나며) 뭐 마실 게 있는지 모르겠네.
연수	괜찮습니다. 정말 괜찮은데.
정안	(더듬더듬 발걸음을 옮기며) 부엌에 아마 마실 만한 게 있을 겁니다.

정안, 부엌으로 들어간다.
혼자 남은 연수, 정안의 뒷모습을 쳐다보다가 고개 돌려 집 전체를 살펴본다.
연수의 휴대전화가 울린다.
주머니에서 전화기를 꺼내어 발신자를 확인하는 연수.

| 연수 | (한 손으로는 셋톱박스를 만지며) 여보세요. (사이) 응, 정안아. (사이) 응, 아빠 일하지. (사이) 아빠, 일해야 우리 정안이 강아지 사주지. (사이) 응, 할머니. …… |

할머니 어디 잠깐 갔어. 나중에, 아주 나중에 정안이 보러 온다고 아까 전화 왔어. 정안이 맘마 잘 먹고 있냐고 할머니가 그러던데. (슬며시 웃으며) 그랬어요? 맘마 많이 먹었어요? 잘했어요. (사이) 우리 정안이 정말 강아지 사줘야겠네. (사이, 웃으며) 그렇게 좋아?

정안, 오른손에는 야쿠르트를 들고 왼손으로 벽을 더듬거리며 거실로 나온다.
정안을 슬쩍 바라보는 연수.

연수　　아빠 일해야 하니까 이따 전화할게. (사이) 그래, 고모랑 잘 놀고 있어. (사이) 옆에 고모 있지? (사이) 그래, 아빠 얼른 갈게. (사이) 그래, 빠빠이.

연수, 휴대전화를 바닥에 내려놓는다.
거실장 근처로 다가와 야쿠르트를 허공에 내미는 정안.

정안　　커피가 있으면 좋을 텐데, 이거라도.
연수　　정말 괜찮은데. (손을 뻗어 야쿠르트를 받으며) 고맙습니다.

연수, 야쿠르트를 받아 바닥에 내려놓는다.

정안, 천천히 소파로 걸어가 앉는다.

기차 지나가는 소리 희미하게 들린다.

연수　　기차 소리가 좀 들리네요.

정안　　네, 새벽에는 제법 크게 들리더라고요. 눈이 안 보이
　　　　　니 소리에 민감해져서 그런가.

연수　　그래도 집은 잘 지어진 것 같아요. 집 앞에 바로 전
　　　　　철역이 있어 교통도 나쁘지 않고.

정안　　네.

연수　　……저도 여기 임대아파트 신청했었거든요.

정안　　……네.

연수　　될 줄 알고 기대를 좀 했는데.

정안　　…….

연수　　(슬며시 웃으며) 됐으면 이웃사촌 될 뻔했네요.

정안　　……그러게요.

침묵.

잠시 후 송연의 기침 소리가 안방에서 들려온다.

연수, 작업을 멈추고 안방 문을 쳐다본다.

정안　　어머니가, 어머니가 많이 편찮으셔서. 연세가 많으시

거든요.

연수　　　……네에.

침묵.

연수　　　(혼잣말처럼) 케이블은 연결됐고. (뒤를 돌아보며) 여
　　　　　기, 배전함이 어디 있는지 모르시죠?

정안　　　(눈을 깜박거리며) 글쎄요. 제가 잘…….

연수　　　아마 엘리베이터 옆에 있을 겁니다. 요즘 나오는 집
　　　　　들은 다 그렇게 만들더라고요.

정안　　　네.

연수　　　잠깐 나갔다 오겠습니다.

연수, 공구 몇 개를 챙겨 들고 밖으로 나간다.

현관문 열리는 소리.

정안, 급히 안방 쪽으로 뛰어가 문을 연다.

얇은 천(샤)으로 만든 벽체 뒤로 불이 켜지며 침대에 앉아 있는 송연의

모습이 보인다.

정안　　　(선글라스를 벗으며) 뭐 하는 거야. 거기서 기침을 하
　　　　　면 어떡해.

송연　　　미안. 참으려고 하다가 소리가 더 커져버렸네.

정안	어휴, 내가 정말.
송연	갔어?
정안	아직. 인터넷 연결하러 밖에 나갔어.
송연	잘하고 있지?
정안	몰라, 조마조마해서 미치겠다.
송연	걱정하지 마. 불안하면 자기도 모르게 말이나 행동이 빨라지니까, 무조건 천천히 말하고 움직여. 무조건 천천히. 알았지?
정안	그게 마음대로 되니?
송연	자기암시를 걸란 말이야. '나는 맹인이다. 나는 맹인이다. 나는 정말 앞을 못 본다. 진짜 못 본다.' 쉬지 말고 계속 생각하란 말이야. 생각하면서 움직여.
정안	웃기고 있네. 내가 너보다 연기 오래했거든? 너 학원에서도 애들 이렇게 가르치니? 약 팔듯이.
송연	……그게 무슨 말이야? 여기서 학원이 왜 나와? 내가 지금 약 파는 것 같아?
정안	……미안. 말이 헛 나갔다.
송연	애들 가르쳐본 적도 없으면서.
정안	그런 뜻이 아니었어. 알잖아.
송연	알긴 뭘 알아. 됐으니까 얼른 나가봐.
정안	(선글라스를 다시 쓰며) 근데 진짜 불안하다. 자꾸 날 쳐다보는 것도 그렇고.

송연 쫄지 마. 우리 연기 실습 할 때 선생들이 했던 말 기억 안 나?

정안 뭐? "배우는 무대 위에서 뻔뻔하고 태연해야 한다." 그거?

송연 잘해봐. 저 사람 잘만 속이면 관객들도 네 연기를 믿을 거야. 알았지?

정안, 말없이 송연을 잠시 바라보다 안방 문을 닫고 거실로 나온다.

천천히 소파 쪽으로 걸어와 자리에 앉는 정안.

크게 어깨를 돌리고 난 후 숨을 내쉰다.

송연은 그대로 멍하니 침대 위에 걸터앉아 있다.

송연의 공간 점점 어두워진다.

잠시 후 연수가 집 안으로 들어온다.

연수 인터넷도 연결됐고, 송신센터에 전화해서 신호 좀 체크하겠습니다.

정안 ……네.

연수, 바닥에서 휴대전화를 집어 든다.

연수 여보세요. 저 권연수인데요. 12-8에 리셋 한 번 했다가 열어주세요. (사이) 네. (사이) 네. (사이) 아니, 그

쪽은 박 팀장이 갔을걸요. 전화해보세요. (사이) 거기 문제가 많아요. 동네가 오래돼서 신호도 약하고. (사이) 누가 몰라서 안 하나. 한전에서 전신주 건드리지 말라고 지랄하니까 그러지. (사이) 저번에도 전신주 올라갔다가 걸려서 욕 엄청 먹었어요. 자기들 선하고 엉키면 가만 안 둔다고. (사이) 펜치로 끊어버리겠다고 하던데, 선 다른 곳으로 안 따 가면. (사이) 별수 없잖아요. 전봇대는 한전 건데. (사이) 네, 알겠어요. 암튼, 여기 12-8에 리셋 부탁드려요. (사이) 네에.

연수, 전화를 끊고 리모컨을 눌러 TV를 켠다.
TV 화면에 푸른 불빛만 가득하다.

연수　　리셋하고 부팅하는 데 2, 3분 정도 걸려요.
정안　　네.

연수의 휴대전화 벨이 울린다.
연수, 발신자를 확인하고 받지 않는다.

정안　　전화 온 것 같은데, 받으시죠.
연수　　괜찮아요.

연수, 휴대전화 버튼을 눌러 벨 소리를 줄인다.

연수   아들이에요. (사이) 제가 전화를 받아주니까 계속 거
          네요.

정안   아빠를 좋아하나 보네요. 몇 살이에요?

연수   오늘 다섯 살 돼요.

정안   오늘?

연수   네. 생일이거든요.

정안   네에.

연수   아이…… 없으시죠?

정안   네, 아직. (사이) 어떻게 아세요?

연수   집 안에 애들 물건이 없어서.

정안   ……눈이 이 모양이라. 아이를 낳아야 할지 말아야
          할지 아내랑 고민이 많네요.

연수   ……네에.

침묵.

연수   죄송해요. 제가 괜한 걸 물어봤네요.

정안   아닙니다. 괜찮습니다. (사이) 여기 임대아파트 되셨
          으면 좋았을 텐데.

연수   그러게요. 될 줄 알았는데. (사이) 자격 요건도 다 맞

취서 기대를 좀 했었거든요.

정안 ······경쟁률이 좀 있었죠. 저희도 추첨에서 간신히 된 것 같아요. (사이) 아마 제 장애 등급 때문에······.

연수 ······네에. 추첨이라는 게 다 운이고 복이죠.

침묵.

안방에서 마른기침 소리 들린다.

연수, 안방 문을 쳐다본다.

정안 (긴장한 얼굴로) 어머니가 많이 편찮으셔서. ······연세가 있으시다 보니.

다시 기침 소리가 들린다.

정안 아무래도 제가 가봐야겠네요. 잠시만요.

정안, 자리에서 일어나 안방 쪽으로 발걸음을 옮긴다.

연수 제가 뭐 좀 도와드릴까요?

정안 아닙니다. 마저 일 보세요.

연수 ······네.

정안, 더듬거리며 안방 문을 열고 들어간다.

거실에 혼자 남은 연수.

휴대전화가 다시 울린다.

연수   응, 여보세요. (사이) 우리 정안이 왜 울어? (사이) 아니야, 아빠가 바빠서 그랬어. 정말이야. (사이) 아빠가 바빠야 우리 아들 변신 소방차도 사 주고 기차도 사 주지. (사이) 그래, 그래. (사이) 정안아, 눈물 뚝. 고모한테 흥 해달라고 해, 흥. (사이) 그치, 우리 정안이 아빠 말 잘 듣지. (사이) 그래, 그래. (사이) 정안아, 아빠 케이크 사서 얼른 갈 테니까 조금만 기다려. (사이) 그래, 부웅, 부웅. (사이) 정안아, 끊지 말고 고모 바꿔봐. 옳지. (사이) 어, 여보세요. (사이) 애한테 전화기 주지 말라니까. (사이) 그래도 주지 말라고. 운다고 전화 쥐여주기 시작하면 계속 그런단 말이야. (사이, 한숨을 내쉬며) 너한테 짜증내는 게 아니라……. (사이) TV 소리 힘들어할 수 있으니 차라리 오디오북을 틀어줘봐. (사이) 일반 어린이집은 무리라니까 그러네. 내가 안 알아봤겠니. 애 상처만 받는다고. 보육교사들도 힘들어하고. (사이) 전에 말했잖아. 한빛은 힘들 것 같아서 세광에도 대기 걸어놨다고. 맹학교와 연결된 곳이라니까 다르겠지. 아니,

다를 거야. (천장을 올려다보며) 그러니 조금만, 조금
만 더 부탁하자, 수연아. 내가 미안하다. (사이) 그래,
알았어.

연수, 전화를 끊는다.

TV 화면의 푸른빛이 깜박거린다.

무대, 새벽녘처럼 희미한 어둠에 휩싸인다.

소파에 놓인 공연용 상자에 붉은빛이 들어온다.

연수   (바닥에 앉아 TV 화면의 푸른빛을 한참 동안 멍하니 바
라보다가) 정안이가, 찾아요.

상자   목이 마르구나, 애야. 목이 말라.

연수   정안이가 계속 어머니를 찾는다고요.

상자   그 야쿠르트 안 먹을 거면 나에게 좀 주겠니?

연수   그만 좀 드세요. 지겹지도 않으세요?

상자   지겹다니. 그걸로 너희를 키웠다.

연수   나는 지겨워요. 쳐다보기도 싫다고요.

상자   그래서 그렇게 TV만 보고 있는 거니?

연수   나에게 뭐라고 하지 마세요. 어머니는 그럴 권리 없
으세요.

상자   상자가 되면 마음이 편할 줄 알았다. 거추장스러운
팔다리 잘라버리고 상자가 되기만 하면…….

연수 내 눈에는 세상에서 어머니가 제일 편해 보여요.

상자 그래, 너도 상자가 돼보면 알겠지. 나도 그랬으니까.

침묵.

연수 정안이가 어머니를 찾아요. 하루 종일 찾아요. 앞을 보지 못하니, 저와 떨어지려고 하질 않아요.

상자 네가 정안이처럼 나를 찾았을 때 내가 어떻게 했는지 생각해보렴.

연수 머리를 쓰다듬어주셨지요.

상자 그리고.

연수 울지 말라고 말씀하셨지요.

상자 그리고.

연수 그래도 울면 제 뺨을 때리셨지요.

상자 그리고.

연수 불에 덴 사람처럼 스스로 놀라 제 머리를 껴안고 같이 우셨지요.

상자 그렇단다. 사람이 할 수 있는 건 울다가 안고, 안다가 후회하고, 결국 그렇게 후회하면서 같이 우는 거지. 그게 다.

연수 그렇지만 지겨워요. 매일매일이 끔찍하다고요.

상자 그렇지. 그것도 사람의 것이지.

침묵.

연수   오늘이 손자 생일인 건 아세요?

상자   그게 다 무슨 소용이니. 생일이라면 지긋지긋하다.

연수   그래요. 기억나요. 어머니가 아버지를 보내고 처음으로 했던 일.

상자   내 나이 서른여섯이었다.

연수   케이크 만드는 공장에 다니셨죠.

상자   달콤한 게 필요했어. 겁이 나고 무서우니까 일이라도 달콤한 게.

연수   겨울밤, 방 안에 갇혀 어머니를 기다리던 날들이 생각나요.

상자   이 세상에 얼마나 많은 생일이 있는 줄 아니? 다 터무니없지.

연수   그래도 기다렸어요. 어머니가 오시길.

상자   이름은 또 얼마나 많니? 온종일 그 이름들을 쓰고, 또 쓰고. 얼마나 지겹던지. 나는 안 한다. 다시는 안 해.

연수   어머니는 밤늦게 검은 봉지를 들고 오셨어요. 어머니의 몸에서는 설탕 냄새, 우유 냄새, 초콜릿 냄새가 났어요.

상자   무엇보다 밀가루가 제일 많았지. 등 뒤에 괴물처럼

쌓인 그 종이 포대를 보며 하루를 시작하는 게 얼마
나 끔찍한 일이었는지 알기나 하니?

연수 검은 봉지 안에는 이름들이 있었어요. 잘못 쓰였거
나, 깨지고 부서진 이름들.

상자 그때 내 나이 서른여섯이었다.

연수 밀가루에 설탕물과 소금을 뿌리고, 하얗게 명함처럼
구워 만든 이름. 먹을 순 있지만, 입안에 온종일 굴
려도 아무 맛이 나지 않는 이름.

상자 그래도 케이크는 옛날 버터케이크가 맛있긴 했지.

연수 거기, 그 봉지 안에, 세상 모든 이름이 있었어요. 우
리들 이름을 뺀 세상의 모든 이름이.

상자 밀가루로 만든 붉은 장미도 하얀 케이크 위에 올리
고.

연수 Congratulations. 축! 생일.

상자 푸른 잎사귀도 가지런히 장미 옆에 두르고.

연수 그들은 매일매일 쉬지 않고 축하를 받고 있었어요.

상자 옛날 생각을 하니 목이 마르구나, 얘야.

연수 그렇지만 내 손에 쥐어진 건 실패했거나 망가진 이
름뿐이었어요.

상자 목이 마르다고.

연수 종이와 플라스틱 그 어디쯤에 놓여 있을 법한, 물면
깨지지만 혀에서는 절대로 녹지 않는, 버터케이크 위

생일 축하 이름들.

상자   그만하고 그 야쿠르트를 좀 가져다주렴.

연수   우리는 그걸 하루 종일 물고, 빨고, 깨물며 어머니가

                 가져올 또 다른 부서진 이름을 기다리고는 했어요.

상자   그마저 없는 애들도 있었단다. 시절이 그랬어.

연수   그래요. 그것조차 누군가에게는 부러움이었을지도

                 <u>모르죠.</u>

침묵.

연수   그 시절, 내 눈동자가 무엇을 봤는지 어머니는 평생

                 모르실 거예요.

상자   그래서 다행이구나.

연수   그리고 이제부터 내 손이 무엇을 하려는지도요.

상자   그건 좀 두렵구나.

연수   가세요. 더 할 말이 없어요.

상자   목이 마르다는 말을 내가 했니?

연수   하셨어요.

상자   그래, 다행이구나.

상자의 붉은빛이 희미해진다.

연수, TV 화면의 푸른빛을 바라보다 시선을 거둔 후 다리 사이에 고개

를 파묻는다.

상자　　　그런데 나를 기다리는 사람이 누구라고 했지?

연수　　　잊어버리세요. 그리고 쉬세요. 세상의 모든 일로부
　　　　　터, 반복으로부터. 그러실 필요가 있어요.

상자　　　……고마운 말이네. 따뜻한 말을 들으니 눈물이 나
　　　　　는구나.

연수　　　흘릴 곳도 없잖아요.

상자　　　그래. 그래서 상자를 택했지. (사이) 어미, 간다.

연수　　　가세요. (사이) 엄마.

상자의 붉은빛이 사라진다.

다시 밝아지는 무대.

잠시 후 안방 문이 열리고 정안이 거실로 나온다.

무릎 사이에 고개를 파묻고 있는 연수를 보고 당황하는 정안.

정안　　　저, 저기…….

연수, 고개를 들고 급히 손등으로 얼굴을 훔친다.

연수　　　아, 네.

연수, TV 리모컨을 손에 쥐고 채널 버튼을 누른다.

수많은 채널들이 화면 위를 지나쳐 간다.

연수　　잘 나오네요. 소리 들리시죠?

정안　　네, 그러네요.

연수　　새로 지은 아파트라 인터넷 속도도 빠를 겁니다.

정안　　고맙습니다.

연수　　(정안을 바라보며) 그런데 어머니는 좀 괜찮으세요?

정안　　……네? 아, 네.

침묵.

정안　　그럼 다 끝나신 건가요?

연수　　네, 다 끝났고요. 약정 계약서에 사인만 해주시면 됩니다.

정안　　사인요?

연수　　아, 글자 쓰시는 게 어려우시면 제가 이름을 적어드릴 테니까 그 옆에 도장만 찍어주세요.

정안　　(오른손 엄지를 펴 보이며) 지장을 찍어도 될까요?

연수　　네, 괜찮습니다.

연수, 가방 안에서 계약서와 볼펜을 꺼낸다.

연수 (볼펜을 손에 쥐고 계약서를 내려다보며) 성함이 어떻게
되시죠, 고객님?

정안 제 이름요? 아님 아내 이름요? ……집사람이 신청
한 거라.

연수 직접 사인하시는 분 성함으로 해주시면 좋을 것 같
습니다.

정안 ……네. (사이) 아무래도 제 눈이 이러니까.

연수 …….

정안 권, 정안.

연수, 고개를 들어 정안의 얼굴을 올려다본다.

정안, 눈을 깜박이며 마른침을 삼킨다.

정안 ……권정안입니다.

연수 …….

침묵.

정안 왜, 그러시죠?

연수 ……아닙니다.

연수, 계약서에 천천히 이름을 적는다.

연수 제 아이 이름과 같으시네요. 권정안.

정안 …….

연수 단 한 번이라도 좋으니 세상을 바르게 보라고, 그렇게 되라고, ……지어주었죠.

정안 ……네?

연수 아닙니다, 아무것도. (사이) 자, 이리 앉으시죠. (바닥을 손바닥으로 툭 치며) 이쪽으로.

정안, 소리 나는 곳을 더듬더듬 찾는 시늉을 한다.

연수 거기 앉으시면 됩니다.

연수, 팔을 뻗어 정안의 손을 붙잡는다.
연수의 손이 이끄는 대로 가서 앉는 정안.
정안이 자리에 앉자 가방에서 인주를 꺼내는 연수.

연수 자, 오른손 주시죠.

정안, 눈을 깜박거리며 오른손을 내민다.

연수 인주 좀 묻히겠습니다.

정안 네.

연수, 정안의 오른손을 붙잡고 그의 엄지손가락에 인주를 묻힌다.

정안   이거 저희 집 집문서는 아니죠?

연수   ……임대아파트는 매매가 불가능하니까 걱정 마세요.

정안   농담입니다, 농담.

연수   ……알고 있습니다.

연수, 선글라스 너머 정안의 눈동자를 한참 동안 바라본다.

정안, 눈을 심하게 깜박거리며 마른침을 삼킨다.

정안   왜 그러시죠? 뭐가 잘못됐나요?

연수   (시선을 다시 계약서로 돌리며) 아닙니다. 자, 찍을게요.

정안   ……네.

연수, 정안의 손을 이끌어 계약서에 지장을 찍는다.

안방 쪽에서 다시 한 번 마른기침 소리 들린다.

고개를 들고 안방 쪽을 쳐다보는 두 사람.

멀리서 기차 지나가는 소리 들린다.

막

**어딘가에,
어떤 사람**

이 희곡은 네 편의 연작으로 진행된다.

어딘가에,
어떤 사람

I.

시간	1984년 4월

공간   대전 신탄진역 광장

등장인물	이선화	18세, 천안여상 2학년
	이순화	20세, 대전 풍한방직 여공
	여자	삼십대 초반
	경찰	삼십대 후반
	무전	동료 경찰, 목소리

어둠 속에서 순화의 목소리가 들려온다.

"이 운동화는 얼마예요?" (사이) "이거는요?" (사이)
"그럼, 이거는요?"

무대 밝아지면 선화가 벤치에 앉아 있다.
선화, 마치 언니 순화를 만나기라도 한 듯 중얼거린다.

선화　　언니, 잘 지냈어? 얼굴에 온기 좀 돌아왔네. 다행이
　　　　다. 지난 설에 언니 얼굴이 너무 안 좋아서, 무슨 일
　　　　있나 했거든. 아버지가 언니 얼굴에 마른버짐이 한
　　　　가득이라고, 나한테 언니 잘 있는 거냐고 물어보더
　　　　라. 정말 무슨 일 있는 거 아니지? 돈도 좋지만 야근
　　　　너무 많이 하지 마. (사이) 나? 나야 잘 있지. 고등학
　　　　교 2학년이 무슨 근심이 있겠어. (자신의 얼굴을 매만
　　　　지며) 왜? 내 얼굴이 뭐 어때서. 하숙집 밥이 요즘 얼
　　　　마나 잘 나오는데. 걱정하지 말라니까. ……나보다
　　　　는 형태랑 미화가 걱정이지. 아니, 무슨 일 있는 건
　　　　아니고. 어제 미화랑 전화했는데, 형태 담임이 형태
　　　　한테 충주고등학교 지원해보라고 했다네. 서울에 있
　　　　는 대학 가려면 단양에 있는 것보다 충주로 가는 게
　　　　좋을 거라고. (사이) 몰라, 아버지는 그냥 네가 가고

싶으면 가라고만 했대. 좀 자세히 말해보라고 해도 미화는 계속 울기만 하고. (사이) 왜 울겠어. 형태마 저 충주로 올라가면 아버지하고 둘만 남게 되니까 그렇겠지. ……미화도 내년에 중학교 올라가야 하 는데. ……자기는 어떻게 하냐고, 여기서 계속 아버 지 밥 하면서 자기만 남아 있어야 하는 거냐고……, 계속 울더라. (사이) 언니, 그래서 말인데, 나…… 학 교 그만둘까 봐. (사이) 그렇게 무섭게 쳐다보지 마. (사이) 화내지 말고 내 말 들어보라니까. 응. (사이) 아니긴 뭐가 아니야. 아버지는 그 시멘트 공장에서 일하는 걸 천직으로 생각하는 양반인데, 형태는 단 양중학교 전교 1등인데, 미화도 내년에는 중학교에 들어가야 하는데. ……뭔가 마음이 불편해 미치겠다 고. (사이) 그래, 불편해. 불편하다고. 언니가 미싱 돌 려서 번 돈으로 천안까지 나와서 공부하는 게……, 나 마음이 편치 않아. 이제 더는 못 하겠어. 그러니 까, 언니…….

순화, 푸른 작업복에 점퍼를 걸친 차림으로 등장한다.
손에는 종이 가방이 들려 있다.

순화   (천천히 선화에게 다가가며) 왜 그렇게 멍하니 앉아 있어. 넋 빠진 애처럼.

선화, 깜짝 놀라 마음속 생각을 털어낸다.

선화를 보며 힘없이 웃는 순화.

선화   언니!

순화   얼굴이 왜 그래? 무슨 일 있어?

선화   내 얼굴이 왜?

순화   어디 아파?

선화   아프기는.

선화, 손으로 얼굴을 훔친다.

순화, 선화 옆에 앉는다.

순화   많이 기다렸지?

선화   아냐. 나도 좀 전에 왔어. (순화의 옷차림을 보며) 일요

일인데 공장에서 오나 보네. 많이 바빠?

순화   똑같지 뭐. 다음 주 일요일에는 쉴 거야.

선화   …….

순화   밥은?

선화   언니는?

순화   난 공장에서 먹었지.

선화	…….
순화	안 먹었으면 밥 먹으러 가자. 역 뒤에 부대찌개 잘하는 데 있어.

순화, 자리에서 일어난다.

선화	언니 밥 먹었다며.
순화	너 먹으라고.
선화	……나도 먹고 왔어. 기차 타기 전에.
순화	……정말?
선화	응.

다시 자리에 앉는 순화.

침묵.

선화	(주변을 돌아보며) 여긴 꽃들이 많이 졌네. 천안은 아직인데.
순화	그래? ……꽃 핀 줄도 몰랐다.

선화, 마른버짐이 핀 순화의 얼굴을 쳐다본다.

순화	왜? 내 얼굴에 뭐 묻었어?

선화	……입술에 뭐라도 좀 바르지.
순화	(자신의 입술을 손등으로 훔치며) 뭐라는 거야.

선화, 순화에게서 시선을 거두고 자신의 발끝을 내려다본다.

선화	언니 스무 살이잖아.
순화	스무 살이 뭐.
선화	…….
순화	(화제를 돌리듯) 너 정말 밥 먹었어?
선화	…….
순화	안 먹었으면 밥 먹고 가.
선화	(미간을 찡그리며) 먹었어. 먹었다고.

순화, 발끝을 내려다보는 선화를 바라본다.

순화	너 무슨 일 있지?
선화	나, 부기2급 땄다. 우리 반에 두 명밖에 없어. 주산 3단에 부기2급인 사람. 나랑 반장.
순화	(슬며시 웃으며) 잘했네.
선화	근데 다음 주부터 나 혼자일 것 같아.
순화	…….
선화	반장, 이번 주에 학교 그만뒀거든. 취직한다고. 담임

이 그렇게 말렸는데, 소용없더라.

순화 반장이라는 애가 책임감 참 없네. 그럴 거면 반장을 맡지 말든가.

선화 ……밑에 동생이 넷이나 된대.

순화 …….

순화, 말없이 점퍼 주머니에서 '안티푸라민'을 꺼내 입술에 바른다.

선화 언니!

순화 (안티푸라민 뚜껑을 덮으며) 왜?

선화 ……아니야.

사이, 순화가 종이 가방을 선화에게 내민다.

순화 너, 다음 주에 수학여행 간다고 했지?

선화, 순화가 내민 종이 가방을 바라만 본다.

순화 꺼내 봐. 맘에 들지 모르겠다. 230 맞지?

선화, 종이 가방에서 하얀 운동화를 꺼내 든다.

순화   뭘 그렇게 보고만 있어. 신어봐.

선화   ·······.

순화   왜, 마음에 안 들어?

선화   ······아니. 마음에 들어.

순화   안 신어볼 거야?

선화   ······언니가 산 건데, 맞겠지. 집에 가서 신어볼게.

순화, 주머니에서 돈봉투를 꺼낸다.

순화   그리고 이건 다음 달 하숙비. 네 용돈도 조금 더 넣
         었어. 수학여행 가서 써. 괜히 친구들 뒤통수만 쳐다
         보지 말고.

선화, 순화가 내미는 봉투를 받지 않는다.

순화   (봉투로 선화의 팔꿈치를 치며) 뭐 해. 얼른 받아.

천천히 손을 뻗어 봉투를 받는 선화.

순화   근데 여상에서 반장 하면 장학금 같은 거 나오지 않
         나?

선화   ·······.

침묵.

순화   왜 그러고 있어? 맘에 안 들면 말해. 다른 걸로 바꿔
다 줄게.

순화, 종이 가방을 집어 들려고 한다.
급히 신발을 종이 가방 속에 집어넣는 선화.

선화   왜 그래, 자꾸. 마음에 든다니까. 마음에 든다고.

선화, 종이 가방을 자기 옆자리로 옮겨 놓는다.
순화, 평소와 다른 선화의 반응에 말없이 얼굴만 쳐다본다.
침묵.

잠시 후, 경찰과 여자가 들어온다.
여자는 아기 인형을 포대기로 싸 업고 있다.

경찰   (걸음을 멈추고 여자를 돌아보며) 아줌마, 내가 지금까
지 아줌마 몇 번을 봐준지 알지?

여자, 겁에 질린 얼굴로 경찰을 바라본다.
순화와 선화, 경찰과 여자를 번갈아 쳐다본다.

경찰   그런 불쌍한 표정 해도 소용없다니까 그러네. 이번
          에는 칼국숫집 주인이 파출소로 전화한 게 아니라
          112로 직접 신고한 거라서 나도 어쩔 수 없다고. 아
          줌마 안 잡아가면 내가 잡혀가야 돼.

여자, 경찰의 눈치를 살피다가 검지를 들어 올린다.

경찰   염병하네. 저놈의 손가락을 확!

여자, 겁에 질려 손가락을 내린다.

경찰   (답답하다는 듯) 그러니까 왜 돈도 없으면서 남의 식
          당에 들어가 앉아 있냐고. 주인이 나가라는데 나가
          지도 않고.

그때 경찰 무전기로 연락이 온다.
여자로부터 한 걸음씩 멀어지며 무전을 받는 경찰.

무전   김 경장, 어디?

경찰   신탄진역 앞.

무전   신고 들어온 미친 여자 둘셋 했어?

경찰   10분 전에 식당에서 사오 했고, 현재 파인집 들어가

는 중.

무전　데려오게?

경찰　그럼 어떻게 해요.

무전　칼국수 먹었어?

경찰　주인도 뻔히 미친 여자라는 거 아는데 안 췄지.

무전　그럼 무전취식도 아니잖아.

경찰　그렇지만 한두 번도 아니고.

무전　데리고 와봤자 골치만 아파. 제정신도 아닌 여자 데
　　　　리고 조서 쓸 거야?

경찰　(여자를 슬쩍 쳐다본 후) 치료감호라도 보내야 하지
　　　　않나?

무전　아휴, 난 몰라. 그거 보내려면 이틀은 매달려 있어야
　　　　하는데. 김 경장이 알아서 할 거면 데려오든가.

경찰　나 내일 비번인데요.

무전　그러니까 적당히 접줘서 보내라고. 데려오면 골치만
　　　　아파. 이틀 동안 밥도 먹여야 하잖아.

경찰　…….

무전　김 경장. 오류?

경찰　알았어요. 내가 대충 처리할게요.

무전　잘 생각했어. 칠팔.

경찰, 무전을 끊고 잠시 망설이다 여자에게로 천천히 다가간다.

여자, 뒷걸음질한다.

경찰   (손짓하며) 아줌마, 이리 와봐.

여자, 걸음을 멈춘다.

경찰   이리 오라고!

여자, 딴청을 피운다.
경찰, 여자에게 한 걸음 다가간다.

경찰   아줌마, 솔직하게 말해봐. 몇 살이야?

여자, 잠시 망설이다 왼손으로 손가락 두 개를, 오른손으로 손가락 세
개를 편다.

경찰   스물셋? 서른둘?

여자, 경찰의 말에 손가락 열 개를 다 편다.

경찰   뭐야, 아줌마. 백 살이야?

고개를 끄덕이는 여자.

경찰   아줌마, 미친 여자 아니지?

고개를 끄덕이며 웃는 여자.

경찰   나 경찰이고, 아줌마 자꾸 거짓말하면 잡아갈 수도
              있어. 알지?

여자, 크게 고개를 끄덕인다.

경찰   그 인형은 왜 업고 다니는 거야?

여자, 경찰의 말에 등에 업고 있던 인형을 몸 앞으로 돌려 끌어안는다.

경찰   그 인형이 아줌마 아이라도 돼?

여자, 급히 양 손가락 하나씩을 펴 든다.

경찰   한 살이라는 거야, 열한 살이라는 거야?
순화   ……11개월이었대요.

경찰, 벤치에 앉아 있는 순화를 쳐다본다.

경찰　　아가씨, 이 여자 알아요?

순화　　아뇨.

경찰　　그런데 아이가 11개월인 걸 어떻게 알아?

순화　　들었어요. 공장 사람들한테.

경찰　　어디? 저기 풍한방직?

순화　　네. ……원래 제천터미널 근처에서 유명했던 여자인
　　　　　데, 터미널 공사하면서 작년부터 여기 신탄진으로
　　　　　왔대요.

경찰　　제천? 다른 건 모르고?

순화　　네. 저도 그것만 얼핏 들었어요. 평소에는 잘 웃기도
　　　　　하고 굉장히 유순한데, 포대기에 있는 아기 인형을
　　　　　만지려고 하면…….

경찰　　만지려고 하면?

순화　　정말 미친 여자처럼 눈이 돌아간다고 했어요. 남자
　　　　　건 여자건 달려들어 물어뜯으려고 한다고.

경찰, 여자를 바라본다.

여자, 순한 얼굴로 포대기에 싸인 인형을 바라보고 있다.

경찰　　아줌마!

여자, 경찰을 쳐다보지 않는다.

경찰   아줌마, 나 보라고. 그 인형 잡아가기 전에.

고개를 돌려 경찰을 무섭게 노려보는 여자.
경찰, 움찔하며 뒤로 한 걸음 물러선다.

경찰   ……아줌마, 제천에서 온 거 맞아? 제천이 집이야?

여자, 경계심을 늦추지 않는다.

경찰   올겨울에 거기 터미널 공사 다 끝났어. 무슨 말인지
        알아? 터미널 다 만들었다고.

여자, 미동 없이 경찰을 노려본다.

경찰   그러니까 여기 있지 말고 제천터미널로 돌아가. 왜
        남의 동네에 와서 사람 피곤하게 해. 얼른 돌아가.
        알았어? 다음에 또 식당에서 신고 들어오면 그땐 그
        아기 경찰서로 데려가서 감옥에 넣을 거야. 무슨 말
        인지 알아?

여자, 포대기 속 아기 인형을 감싸안는다.

경찰　　　무섭지? 그러니까 얼른 제천으로 가. 여기 있지 말고. 제천에서 빵을 훔치든 과일을 훔치든 아무 상관 안 할 테니까 여기서 사라지라고.

여자, 경찰의 눈을 피한다.
경찰을 바라보는 순화와 선화.
경찰, 헛기침을 한다.

경찰　　　내가 아줌마 불쌍하게 생각해서 이번만 용서해주는 거야. 알았어?

여자, 대답 없이 고개를 끄덕인 후 아기 인형을 보며 웃는다.

경찰　　　(순화에게 들으라는 듯이) 저 봐, 저 봐. 자기 유리한 말에는 저렇게 반응을 한다고. 이 여자 미친 거 아냐. 미친 척하는 거지.

다시 고개를 끄덕거리는 여자.
순화와 선화, 무표정한 얼굴로 경찰을 바라본다.
경찰, 순화와 눈이 마주치자 헛기침을 하고 퇴장한다.

여자, 경찰이 사라지자 아기 인형을 품에 안고 건너편 벤치에 앉는다.

선화   언니, 저 여자 전에도 본 적 있어?

순화   두어 번.

선화   아직 날이 찬데 슬리퍼를 신고 다니네. 겨울에도 저
        렇게 맨발로 다닌 건가?

순화, 말없이 여자의 발을 쳐다본다.

순화   ……다음 달 엄마 기일인 거 알고 있지?

선화   응. 17일.

순화   어제 아버지하고 통화했어. 난 이번에는 못 내려갈
        것 같다고.

선화   왜?

순화   비번을 낼 수가 없어.

선화   일이 그렇게 많아?

순화   (지친 얼굴로 고개를 끄덕이며) 많아. (사이) 형태, 충주
        고등학교 쓸 거라고 하던데. 알고 있니?

선화   미화한테 들었어.

순화   그래. 걔도 내년에 중학교 가야 하는데.

선화   …….

순화   통화하는데 계속 울더라. ……무섭다고. (사이) 오

빠도 충주로 가면 자기 혼자 어떻게 하냐고. 여기서
아버지 밥이나 하면서 자기만 혼자 살아야 하냐고.

선화   …….

순화   ……저기, 그래서 말인데, 선화야.

선화   언니!

순화, 선화를 바라본다.

선화   나 담임한테 반장 하겠다고 할까?

순화   …….

선화   나 반장보다 성적도 나쁘지 않아. 한두 과목만 빼면.

순화   …….

선화   반장 하면 등록금 반만 내면 될걸? 대신 교무실 잡
            무 좀 해야 하지만.

순화   …….

선화   그래, 언니. 나 반장 해야겠다. 여름방학 전에 어떻
            게든 부기1급도 따놓고. 그러면 내년에 조기 취업반
            에 들어갈 수 있을 거야. 조기 취업만 하면 그땐 내
            가…….

순화, 무언가 하려던 말을 삼킨다.

순화　　　……그래, 알았다.

선화　　　응. 나 열심히 할게, 언니.

순화의 눈을 피하는 선화.

침묵.

순화　　　표 끊어놨니?

선화, 말없이 고개를 끄덕인다.

순화　　　몇 시?

선화　　　7시 10분 출발.

순화, 시계를 들여다본다.

선화　　　왜, 약속 있어?

순화　　　공장 다시 들어가봐야 해.

선화　　　일요일인데 야근도 해?

순화　　　다음 주 일요일에는 쉴 거야.

순화, 주머니에서 안티푸라민을 꺼내어 입술에 바른다.

순화	선화야, 나 먼저 들어갈게. 조심히 올라가.
선화	응, 언니.
순화	수학여행 가서 재밌게 놀다 오고.
선화	…….
순화	신발 더 좋은 거 사 주지 못해서 미안해.
선화	아니야. 정말 마음에 들어. 진짜로. ……고마워, 언니.
순화	그래. ……다음 달에 보자. 잘 가.

자리에서 일어나는 순화.

아기 인형의 머리를 쓰다듬는 여자.

| 선화 | 언니. |

순화, 선화를 내려다본다.

선화	언니 몇 살이지?
순화	미친년. (슬며시 웃으며) 내년이면 방직공장 5년 차. 조장 될 수 있다. 조장 되면 월급도 좀 오를걸.
선화	…….
순화	갈게. 날 추우니까 여기 있지 말고 터미널 들어가 있어.

선화   ……응. 알았어. 조금만 있다가.

순화, 등을 돌려 몇 발자국 걸어간다.

고개를 들고 정면을 무표정하게 바라보는 선화.

선화   그때…….

선화의 말에 시간이 멈춘다.

순화의 발걸음이 멈추고, 인형을 쓰다듬던 여자의 손이 멈춘다.

선화, 고개를 돌려 멈춰 선 순화의 뒷모습을 바라본다.

선화   나는 왜 언니의 말을 끊었을까? 언니는 왜 하고 싶
            던 말을 끝내 삼켰던 거지? (사이) 그리고 언니는 왜
            다시 이 자리로 돌아온 것일까?

선화, 고개를 돌려 인형을 품에 안고 있는 여자를 바라본다.

선화   나는 왜 언니가 사 준 운동화를 당신에게 주었던 것
            일까요?

선화, 운동화를 들고 자리에서 일어나 여자에게 걸어간다.

운동화를 여자 옆에 내려놓고 천천히 순화의 등 뒤로 걸어가는 선화.

두 팔로 감싸듯 멈춰 선 순화를 끌어안는다.

선화　　　언니. ……그때 언니가 사 준 운동화를 저 여자한테
　　　　　 줘서 미안해. (사이) 언니가 삼키고 삼키다 꺼냈을 그
　　　　　 말을…… 모른 척 잘라낸 내 자신이 미워서, 언니가
　　　　　 졸음과 싸워가며 철야 작업을 하고 있을 때 수학여
　　　　　 행에서 웃으며 노래 부르고 있을 내가 싫어서……
　　　　　 그녀에게 그 운동화를 줬던 것 같아. ……언니가 다
　　　　　 시 돌아올 줄 알았다면 그러지 않았을 거야. (사이)
　　　　　 언니를 울게 만들어서 지금도 미안해.

선화, 손을 풀고 밖으로 나간다.
잠시 후 시간이 다시 흐른다.
여자는 이전처럼 아기 인형의 머리를 쓰다듬고, 순화는 천천히 몸을
돌린다.
주머니에서 양말을 꺼내어 드는 순화.

순화　　　(선화가 앉아 있던 빈자리를 쳐다보며) 벌써 갔네.

순화, 양말을 손에 들고 여자에게로 걸어간다.
여자, 순화를 쳐다본다.
순화, 그녀 앞에 멈춰 서서 하얀 운동화를 내려다본다.

순화　　　……그 운동화.

순화의 눈치를 살피는 여자.

운동화를 집어 들고 순화에게 내민다.

그런 여자의 얼굴을 한참 바라보던 순화, 천천히 고개를 젓는다.

순화　　　……안 추우세요?

여자, 아무 말 없다.

순화　　　발, 맨발.

여자, 고개를 살짝 젓는다.

순화, 여자의 발 앞에 쪼그려 앉는다.

순화　　　이거 제가 신었던 거지만, 깨끗한 거예요.

순화, 여자의 맨발에 양말을 신겨준다.

여자, 그런 순화에게 다시 한 번 신발을 내민다.

순화, 고개를 젓는다.

순화　　　아프지 마세요. 아무것도 잃어버리지 말고.

순화, 몸을 돌려 퇴장한다.

여자, 양말을 벗은 다음 주변을 살피다 아기 인형의 발에 양말을 조심스럽게 덧씌운다.

흡족한 얼굴로 아기 인형을 끌어안는 여자.

서서히 암전.

어딘가에,
어떤 사람

II

시간	1994년 4월	
공간	부천역 인근 중식당	
등장인물	이선화	28세, 부천 미광정밀 경리부 직원
	이순화	30세, 대전 풍한방직 관리부 조장
	진장환	32세, 부천 금강제화 생산부 직원

어둠 속에서 이선화의 목소리가 들린다.

"괜찮다니까 그러네. 이 신발도 작년에 언니가 사 준
거야." (사이) "미화랑 형태 신발 샀으면 됐어. 난 내
가 알아서 할게, 언니." (사이) "정말 괜찮다니까 그러
네." (사이) "그러지 말고 언니 신발이나 하나 사. 내
신발 말고 언니 신발."

무대 밝아지면 장환이 의자에 앉아 있다.
테이블 위에는 장미 꽃다발과 구두 상자가 놓여 있다.
종이에 적어놓은 프러포즈 문구를 들고 고백하듯 연습하는 장환.

장환   선화 씨. (사이, 멋쩍게 웃으며) 왜? '씨'라고 부르니까
좀 이상한가? 그렇지만 3년 전 내가 처음으로 널 봤
을 때 불렀던 호칭이기도 하잖아. (회상하듯) "선화
씨, 뭐 드시겠어요?" (사이) 그때도 여기서 봤지, 우
리. (사이) 너는 볶음밥, 나는 간짜장. (사이) 그때 네
가 날 어떻게 봤는지 아직도 잘 모르겠다. (사이) 처
음 만난 사람이 커피도 한잔 안 마시고, 그냥 중국
집으로 가자고 했으니까. 그러고는 음식을 시켜놓고
말도 몇 마디 안 했지. (사이) 너는 말없는 나 때문에
자꾸 창밖만 쳐다보고, 나는 네가 창밖만 쳐다보니

더 말을 붙이지 못하고……. (사이) 그렇게 처음 만났지. 여기 이 중국집에서. (사이) 나는 네가 나에게 관심이 없다고 생각했어. 이제야 하는 말이지만, 주선한 선배에게 내가 그랬거든. 첫인상이 마음에 들면 짜장면 먹으러 갈 거고, 마음에 들지 않으면 스테이크 먹으러 갈 거라고. (사이, 웃으며) 선배가 나보고 미친놈이래. (사이) 그래서 내가 그랬지. 계속 만나고 싶은 사람에게는 더 잘해줄 시간이 있지만, 더 만나지 않을 사람에게는 이게 마지막 식사니 좋은 거 사주고 헤어지는 게 맞지 않겠느냐고. (사이) 선배가 그 말을 공장 사람들에게 소문내서 그 이후로 모든 직원이 나를 꼴통이라 부르더라. (멋쩍게 웃고 난 후, 사이) 그때 창밖을 쳐다보던 너에게 내가 했던 말 기억하니? (사이) "벚꽃을 보는 거예요, 사람을 보는 거예요?" (사이) 그 말에 네가 그랬어. (사이) "아무것도 안 봐요. 그냥 터미널 시계탑 보고 있었어요. 저 시계탑 우리 회사에서 만들었거든요." 그러고는 "금강제화 다니신다고 했죠? 그럼 언제 저 구두 하나 만들어주세요. 그럼 제가 우리 회사에서 만든 손목시계 하나 드릴게요". (사이) 그 말이, 그 말이 나에게 얼마나 큰 용기를 주었는지, 너는 모를 거야. 아, 이 사람도 내가 아주 싫은 건 아닌가 보구나. 구두 평계로 더 만날 수 있겠구나. ……뛰는 가슴으로 다시 창밖을 쳐다보는 네 옆얼굴을 말없이 훔쳐볼 수 있었어. (사이) 그랬는데, ……생각해보니 지난 3년 동안 너에게 제대로 된 구두 한 켤레 만들어주지 못했네. (테이블 위 구두 상자를 보며) 이거, 그때 했던 약속이야. 너무 오랫동안 약속 지키지 못해서 미안해. 수제 구두는 아니지만 가죽부터 구두 굽, 장식까지 할 수 있는 건 모두 내 손으로 만든 세상에서 하나밖에 없는 구두야. (사이, 헛기침 후) 선화야, 아니 선화 씨. 지금까지 내 앞에 있어줘서 고마워. 구두 선물하면 도망간다고 세상 사람들은 말하지만, 나는 구두 만드는 사람이니까 어떻게든 이걸로 내 마음을 전하고 싶었어. 선배는 반지가 아니라 구두로 청혼하는 꼴통이라고 또 공장에 소문을 낼 테지만……, 그래도 상관없어. (사이, 손에 든 종이를 한 번 쳐다본 후) 이제 이 하얀 구두를 신고 내 앞이 아닌 내 옆으로 와줘.

장환, 긴장한 표정으로 크게 심호흡을 한다.
그때 식당 안으로 선화가 들어온다.

선화　　　뭐야. 오빠 여기 있었네?

장환, 선화의 목소리에 놀라 손에 들고 있던 종이를 구두 가방에 집어 넣는다.

장환   어어, 왔어?

선화   왜 룸에 있어? 오빠 안 온 줄 알고 한참 찾았잖아. (뒤돌아보며) 언니, 여기 있어. 맨 끝 방. (장환을 보며) 대전에서 언니가 와서. 내 방에 그냥 있겠다는 거 억지로 데리고 왔어. 괜찮지?

장환   그, 그럼. ……잘했다.

선화   (자리에 앉으며) 근데 이거 웬 꽃이야?

순화, 천천히 들어온다.

선화   (순화를 돌아본 후) 오빠, 우리 언니 처음 보지?

장환   (자리에서 일어나며) 안녕하세요. 처음 뵙겠습니다. 진장환이라고 합니다.

선화   언니, (장환을 가리키며) 장환 오빠.

순화   (묵례한 후) 처음 뵙겠습니다. 이순화라고 합니다.

장환, 순화의 묵례에 답하듯 고개 숙인다.

선화   언니, 앉아.

순화, 테이블 위 꽃다발을 쳐다본다.

장환, 꽃다발과 구두 상자를 급히 빈 의자 위에 내려놓는다.

순화　　갑작스럽게 죄송해요. 그렇게 안 가겠다고 했는
　　　　　데…….

장환　　아니에요. 잘 오셨습니다. ……거기 앉으시죠.

선화　　앉아, 언니. 괜찮아.

순화, 선화 옆자리에 앉는다.

순화가 앉고 난 후 자리에 앉는 장환.

선화　　우리 언니 예쁘지, 오빠?

순화, 미간을 찌푸리며 손가락으로 선화의 옆구리를 찌른다.

장환　　선화한테 말씀 많이 들었습니다. 미화 씨는 여러 번
　　　　　봤는데…….

순화　　네, 제가 지방에 있어서.

선화　　미화랑은 몇 번 같이 봤어. 우리 집에 온 적도 있고
　　　　　해서. (의자 위 꽃다발을 보며) 근데 그 장미는 뭐야?

장환　　아냐, 아무것도.

선화　　설마 나 주려고 산 거야?

장환	(당황하며) 아니라니까.
순화	죄송해요. 제가 오지 않겠다고 했는데.
장환	아닙니다. 잘 오셨어요. 식사하셔야죠. (테이블 위 메뉴판을 순화 앞에 내밀며) 여기 메뉴판.
선화	정말 나 주려고 샀나 보네. 웬일이야?
장환	(순화를 보며) 맛있는 거 드세요. 가격 생각하지 말고 맛있는 거. 이 집 요리 잘해요.
순화	……네.
선화	그러고 보니 이상하네. 평소 안 입던 양복도 입고.
장환	(둘러대듯) 상갓집 갔다 왔어, 상갓집.
선화	상갓집에 빨간 넥타이를 하고 갔단 말이야?

장환, 곤혹스러운 표정으로 순화를 본다.

순화, 선화의 옆구리를 찌른다.

| 선화 | (웃으며) 알았어. 믿어줄게. 당황하지 마, 오빠. |

장환, 억지로 같이 웃는다.

순화	죄송해요. 제가 괜히 따라와서…….
장환	아닙니다. 정말 괜찮습니다.
순화	넥타이 잘 어울리세요. 좋아 보이네요.

장환	……고맙습니다.
선화	우리 언니 섬유회사 다니거든. 우리 언니가 좋다고 하면 진짜 좋은 거야.
장환	……그래. (순화에게) 메뉴 고르세요.
선화	(메뉴판을 펴 들며) 언니, 뭐 먹을래?
순화	난 그냥 짜장면 먹을게.
장환	비싼 거 드세요. 부담 가지시지 말고.
선화	그래, 언니. 짜장면이 뭐야. 룸에 들어왔는데 요리 하나는 먹어야지.
순화	그럼 너 먹고 싶은 거 시켜. 난 아무거나 괜찮아.
선화	오빠, 이 집 뭐 잘하지?
장환	다 잘해.

선화, 메뉴판을 골똘히 쳐다본다.

순화와 눈이 마주치는 장환.

장환	그러지 말고 코스로 달라고 할까?
선화	정말? 그럴까?
장환	그래, 그러자.
순화	아니에요. 저 금방 일어나야 해서.
선화	무슨 소리야. 일어나긴 뭘 일어나. 언니가 나 먹고 싶은 것 시키라고 했잖아. 그러니까 언니도 내가 먹

고 싶은 거 먹어. 언니 그럴 자격 있어.

순화   …….

장환   그러세요. (문밖을 향해 소리치며) 여기요.

세 사람, 서로를 쳐다보며 잠시 침묵.

선화   오빠, 내가 여러 번 얘기했지? 엄마 돌아가시고 나서 언니가 나 키웠다고.

장환, 고개 끄덕인다.

장환   고맙습니다. 우리 선화 잘 키워주셔서.

선화   뭐야. 마치 나 데리고 갈 사람처럼 말하네. 오빠가 고맙긴 왜 고마워? 내가 고마워해야지.

순화   아니에요. 키우기는요. 저 암것도 안 했어요. 선화 혼자 컸어요.

장환   대전에 계시다고 들었는데…….

순화   네, 대전에 있었는데…… 곧 마산으로 내려갈 것 같아요.

선화   언니, 정말 꼭 가야 돼?

순화   그래, 그래서 겸사겸사 너 보러 온 거야.

장환   마산은 왜……?

순화	어쩌다 보니 그렇게 됐네요.
선화	회사가 마산으로 옮긴대.
순화	다 옮기는 건 아닌데, 조장 중에 내려갈 사람이 필요하다고 해서.
선화	그러니까 왜 언니가 가야 하냐고.
순화	……내가 나이가 제일 많으니까. ……딸린 식구도 없어서 내려가기 수월하고.
장환	…….
선화	그럼 지금보다 더 얼굴 못 보겠네.
순화	(웃으며) ……어린애도 아니고, 꼭 계절마다 봐야 하니?
선화	봐야지. 언니가 내 엄마잖아.

침묵.

장환	(혼잣말처럼) 왜 주문받으러 안 오지? 안 들리나?
선화	홀에 사람 많더라. 여기가 끝 방이라 서빙하는 분이 신경 못 쓰나 봐.
장환	제가 화장실 가면서 주문하고 올게요. 말씀 나누고 계세요.

장환, 자리에서 일어나 밖으로 나간다.

선화	정말 가야 돼?
순화	…….
선화	정말 가야 하냐고, 언니.
순화	……좀 더 다니려면 이 방법밖에 없어.
선화	이참에 공장 그만두고 다른 일자리 알아보면 안 돼? 여기서 미화랑 나랑 같이 살면 좋잖아.
순화	선화야. 미싱 그만두고 내가 배운 유일한 도둑질이 날염하는 거야.
선화	…….
순화	(힘없이 웃으며) 사장한테 가서 동생들 있는 곳에 공장 만들어달라고 해볼까?

선화, 대답하지 못한다.

순화	형태는 좀 보니?
선화	가끔. 한 달에 한 번 정도.
순화	……지난 설에 봤을 때 얼굴이 거칠어졌더라. 노량진에 있지 말고 너랑 같이 살면 좋을 텐데.
선화	형태한테 돈 얼마씩 보내줘? 이십? 삼십?
순화	……됐어. 얼마 안 돼.
선화	내가 이십씩 주고 있으니까 언니는 이제 그만 보내.
순화	얼마 안 된다니까.

순화, 시선을 돌려 창밖을 바라본다.

침묵.

선화	뭘 그렇게 봐? 사람을 보는 거야, 꽃을 보는 거야?
순화	둘 다. 벚꽃이 참 예쁘게 피었네.
선화	…….
순화	벚꽃 바라보는 사람들 표정도 예쁘고.
선화	……언니 올해 서른인가?
순화	나이 먹는 거 작년부터 그만뒀다. (꽃다발을 보며) 그런데 오늘 무슨 특별한 날 아니니?
선화	뭐가?
순화	저 장미꽃.
선화	(잠시 생각한 후) 아닌데, 아무 날도.
순화	아닌 거야, 잊어버린 거야? 혹시 모르니까 생각해 봐. 무슨 기념일일지도 모르니.
선화	……아냐, 아무 날도.
순화	그래? 확실해?

선화, 순화의 말에 자리에서 일어난다.

장환의 옆자리에 놓인 구두 상자를 살펴보는 선화.

순화	뭐니, 그거? 선물이지?

선화   무슨 상자인데.

선화, 장환의 자리에 앉는다.

종이 가방에서 구두 상자를 꺼내어 열어보는 선화.

순화   봐봐. 여자 구두. ……선물이네.

선화   (구두를 매만지며) 어어, 정말 아무 날도 아닌데.

순화   (구두를 쳐다보며) ……예쁘다.

선화   …….

순화   카드나 편지는 없어?

선화, 종이 가방 속 장환이 넣어둔 종이를 발견한다.

종이에 적힌 글을 읽기 시작하는 선화의 표정이 점점 굳어진다.

순화   왜 그래? 뭐야?

선화   …….

순화   왜 그래, 선화야. 왜 표정이 그래?

선화   ……언니, 어떡하지?

순화   뭐냐니깐? 왜 울려고 그래?

선화   ……언니, 이 사람 프러포즈하려나 봐.

순화   뭐? 그게 무슨 말이야?

선화   나에게 청혼하려고 한다고. 자기가 만든 구두로.

순화	구두로 프러포즈를 한다니, 그게 무슨 소리야? (손을 뻗으며) 이리 줘봐.

순화, 선화에게서 종이를 빼앗아 든다.
종이에 적힌 글을 읽는 순화의 표정이 점점 다급해진다.

순화	(테이블 위에 종이를 내려놓으며) 세상에…….
선화	언니, 나 어떡하지?
순화	(자리에서 벌떡 일어나며) 나, 가야겠다.
선화	지금 가면 어떡해? 그럼 우리가 상자 열어봤다고 의심할지 모르잖아.
순화	그러니까 그걸 왜 열어봤어.
선화	언니가 확인해보라며.
순화	침착해, 선화야. 침착해야 돼. (숨을 내쉰 후) 일단 구두 상자 닫아. 그 종이 그대로 넣어놓고.

선화와 순화, 급히 구두 상자를 닫은 후 종이 가방 속에 넣는다.

선화	그리고?
순화	네 자리로 와.
선화	내 자리?
순화	거기 앉아 있을 거야?

선화	그렇지, 여기 오빠 자리지.

선화, 일어나서 자신의 자리로 돌아와 앉는다.
순화도 자리에 앉는다.

순화	최대한 침착해. 아무것도 안 본 사람처럼.
선화	가능할까?
순화	해. 목숨을 걸고 연기해. 우리 안 본 거야. 절대로. 아무것도 안 본 거야.
선화	언니.
순화	왜?
선화	언니 목소리 너무 떨고 있어.

크게 심호흡을 하는 두 사람.

순화	너 시계 있어?
선화	시계라니?
순화	구두 주면 시계 주겠다고 했다며.
선화	지금 없지.
순화	왜 없어? 왜?
선화	왜라니? 남자 시계를 매일 가지고 다니란 말이야?
순화	방심하지 말고 대비를 하고 있었어야지, 이 멍청아.

선화	말이 되는 소리를 해.
순화	(자리에서 다시 일어서며) 안 되겠다. 나, 가는 게 맞는 것 같아.
선화	언니, 제발 좀 침착해.
순화	어떡하지? 나 여기 왜 온 거지?
선화	언니, 쫌!

자리에 앉는 순화.

두 사람, 잠시 말이 없다.

고개를 숙이는 선화.

선화	어떡할까, 언니?
순화	뭘 어떡해. 오빠 같은 사람 없다며.
선화	…….
순화	(다소 차분해진 목소리로) 좋은 사람이지? 맞지?
선화	……응.
순화	(밝게 웃으며) 잘됐다. 정말 잘됐다. 축하해, 선화야. (고개 숙인 선화를 보며) 왜 그러고 있어? 얼른 고개 들어. 고개 들고 아무것도 모르는 사람처럼 있어. 좋은 일이니까 더 좋아지라고 웃으면서 조금만 기다리고 있어.
선화	……미안해, 언니.

순화	무슨 소리야. 뚱딴지같이.
선화	……나 언니가 살펴줘서 여기까지 왔는데, 동생들한테 해준 것 없이 언니보다 먼저 결혼할 생각하니……. 마음이……, 마음이 좀 그래.
순화	바보 같은 소리 하고 있다. 이 멍청이. 얼른 고개 들어. 고개 들고 웃어.

선화, 고개를 들고 희미하게 웃는다.

순화	(선화를 보며) 그래, 그렇게 웃어, 선화야. (사이) ……나 먼저 일어날게.
선화	가지 마, 언니!
순화	두 사람한테 중요한 날이잖아.
선화	프러포즈 나중에 받아도 돼.
순화	이 세상에 나중에 해야 할 일이란 없어. 너만 생각하지 말고, 널 사랑하는 사람 마음도 생각해봐. 그 사람이 오늘이라고 생각했다면 오늘이어야 하는 거야.
선화	…….
순화	알았지, 내 동생?

그때 장환이 들어온다.

장환	벚꽃 구경하러 사람들 엄청 나온 모양이야. 홀에 빈 자리가 없네.
선화	…….

자리에 앉으며 선화의 표정을 살피는 장환.

장환	(순화에게) 주문이 좀 밀려서 늦어질지도 모르겠다고 하는데, 괜찮으실까요?
순화	여기 자리가 참 좋네요. 창밖으로 벚꽃도 잘 보이고.
장환	네, 다행이네요. (사이, 선화의 표정을 살피며) 그런데 무슨 일 있나요?
순화	아니에요, 아무것도.
선화	…….
순화	저기, 장환 씨.
장환	네.
순화	죄송하지만 제가 지금 일어나봐야 할 것 같아요.
장환	네? 식사도 안 하시고요?
순화	네. 죄송해요. 글쎄 제가 약속 있는 걸 깜박하고 말았네요. (웃으며) 다음에 더 맛있는 거 사 주세요.

순화, 자리에서 일어난다.

선화	(언니의 옷소매를 잡으며) 가지 마, 언니.
순화	얘가 왜 이래, 어린애처럼. (웃으며) 제 동생이 가끔 이래요. 엄마가 일찍 돌아가셔서.
선화	……언니도 그때 어렸잖아.
순화	난 그래도 엄마 얼굴은 또렷이 기억해. 넌 엄마 얼굴 잘 기억 안 난다며.
선화	…….
순화	(장환에게) 그럼 나중에 뵐게요. 갑자기 일어나서 죄송해요.

장환, 자리에서 일어난다.

장환	식사라도 하고 가시면 좋을 텐데. ……어디로 가세요?
순화	터미널요. 오늘 밤에 내려가야 해서.
장환	아쉽네요. 이거 참…….
순화	조만간 또 기회가 있겠죠. 그때 더 좋은 자리에서 봬요. (선화를 보며) 간다. 미화한테 안부 전해줘, 선화야.
선화	……전화할게, 언니.
순화	그래. 잘 지내.

순화, 장환에게 묵례한 후 밖으로 나간다.

장환, 순화의 뒷모습을 바라보다 자리에 앉는다.

장환　　무슨 일 있었어?

선화　　아니야, 아무것도.

장환　　그런데 언니 왜 그래?

선화　　그냥.

장환　　너는 표정이 왜 그러고?

선화　　(고개 들고 웃으며) 내가 뭘.

침묵.

장환, 선화를 바라보다 구두 상자와 꽃다발로 시선을 돌린다.

장환　　혹시, (사이) 혹시 이 상자 열어봤니?

선화　　……응? 아니.

장환　　(선화의 얼굴을 보며) ……열어봤구나.

선화　　……미안해, 오빠. (사이) 오늘이 무슨 기념일인데 내
　　　　　가 잊고 있던 게 아닐까 걱정돼서. 다른 뜻은 없었
　　　　　어, 오빠.

장환　　혹시 메모도 봤니?

선화　　…….

장환　　……그래서 언니가 자리를 피해준 거고.

선화, 고개 끄덕인다.

잠시 침묵.

장환, 침묵을 깨려는 듯 멋쩍게 웃는다.

상자를 테이블 위에 올려놓는 장환.

장환   차라리 다행이다.

선화   …….

장환   여러 번 연습했지만 분명히 연습한 대로 말하지는
          못했을 거야. 아니, 어쩌면 말이 꼬여 이상한 말을
          했을지도 몰라. 그래, 분명 그랬을 거야.

선화   아니야, 오빠.

장환   그러니 내가 적어놓은 글을 본 게 차라리 다행일지
          도 모르겠다. 그건 여러 번 고쳐 쓰고, 또 고쳐 쓴 말
          이니.

선화   …….

장환   (심호흡을 한 후) 그래서 대답은? ……대답해줄 수
          있어?

선화, 말없이 웃는다.

장환, 상자에서 구두를 꺼낸 후 선화 앞에 무릎을 꿇고 구두를 내민다.

장환   (헛기침을 한 후) 생각한 대로는 아니지만, ……괜찮

다면 내가 만든 이 구두를 신어주지 않을래?

선화, 장환을 바라보다 천천히 신발을 벗는다.

장환을 향해 몸을 돌리는 선화.

장환, 선화의 발에 구두를 신겨준다.

장환　　어때?

선화　　너무 예뻐. 꼭 맞아.

장환　　그게 다야?

선화　　갈게, 오빠 옆으로. ……오빠 곁에 언제나 있을게.

자리에서 일어나는 두 사람, 포옹한다.

잠시 후, 선화가 시간을 멈춘다.

장환의 품에서 혼자 빠져나오는 선화.

선화　　그런데 하나 틀린 게 있어, 오빠.

선화, 행복한 표정으로 멈춰 있는 장환을 두고 한 걸음 뒤로 물러선다.

선화　　처음에 나를 선화 씨라고 부르지 않았거든. 선화 씨
　　　　　　가 아니라 "저기요"라고 불렀어. 그날 하루 종일. (사

이) "저기요. 뭐 드실래요?", "저기요. 뭘 그렇게 보고 계세요?", "저기요. 다음에 다시 볼 수 있을까요?" 내 이름을 부르기 시작한 건 두 번째 만남부터였지.

선화, 고개 숙여 자신이 신고 있는 하얀 구두를 내려다본다.
그러고는 시선을 옮겨 자신이 벗어둔 낡은 구두를 바라본다.
천천히 낡은 구두를 집어 드는 선화.

선화　　　(구두를 들고 창가로 걸어가며) 그날, 형태와 미화의 신발을 골랐던 언니는 끝내 자기 신발은 사지 않았어, 오빠. (창밖을 보며) 8센티 굽이 달린 분홍 구두를 집어 들었다 놓아두고, 내려놓은 구두코를 다시금 손끝으로 어루만졌지만, 그리고 나와 눈이 마주치자 급하게 몸을 돌리면서도 밝게 빛나는 분홍빛에서 시선을 떼지 못했지만, ……끝내 그 구두를 신어 보지는 않았어. (사이) 오빠, 나는 언니가 내게 하듯 왜 그 구두를 언니에게 사 주지 못한 걸까? 그 구두의 굽이 8센티가 아니라 6센티였다면, 아니 5센티였다면 나는 그 구두를 언니에게 사 주었을까? 그 구두가 분홍색이 아니라 검정색이었다면, 아니 무채색이었다면 나는 언니의 손에 그 구두를 쥐여줬을까?

선화, 몸을 돌려 멈춰 서 있는 장환을 바라본다.

선화   그때 나는 왜 언니에게 8센티 굽이 달린 분홍 구두
           는 어울리지 않는다고, ……그렇게 손쉽게 생각해버
           렸을까? 왜? 도대체 왜?

선화, 고개 숙여 손에 든 낡은 구두를 내려다본다.

서서히 암전.

어딘가에,
어떤 사람

III

시간	1997년 4월

공간	국립마산병원 / 안산고대병원

등장인물	이선화	31세, 부천 미광정밀 경리부 퇴사
	이순화	33세, 마산 한일합섬 관리부 조장
	진장환	35세, 부천 금강제화 생산부 직원

어둠 속에서 장환의 목소리가 들린다.

"지현 엄마, 아니 선화야. 차분히 내 말 좀 들어봐."
(사이) "글쎄, 좀 차분히 내 말 좀 들어보라니까." (사
이) "그래, 네 맘 알아. 안다고. 그렇지만 몸속에 있
는 둘째 생각도 해야지. 지금 그 몸으로 어떻게 마
산에 간다는 거야. 예정일이 일주일도 안 남았는데."
(사이) "언니, 괜찮아. 괜찮을 거야. 처제가 내려가서
연락 준다고 했으니까, 일단 좀 진정하고 미화 전화
기다려보자. 응?" (사이) "선화야. 언니, 너 두고 그렇
게 가지 않아. 내 말 믿어."

무대 밝아지면 병원 환자복을 입고 의자에 앉아 있는 순화.

순화 열일곱……. 단양 버스터미널에 앉아 나는 게임을
하나 만들어냈어, 선화야. 가본 적 없는 곳을 생각해
보는 게임, 만난 적 없는 사람을 그려보는 게임. 중
학교 2학년인 네 배웅을 받으며 신탄진행 버스에 올
라타면서부터였을 거야, 이 게임을 시작한 건. (사이)
너의 손이 나를 향해 흔들리다 어느 순간 힘없이 떨
어져 내리고, 그 손에 네가 얼굴을 파묻고 주저앉아
끝내 긴 울음을 터트리기 시작했을 때, 나는 눈을

감고 이 게임을 시작했어. 지금 나에게서 가장 먼 나라는 어디일까? 그리고 거기 사는 사람 중 내가 가장 만나보고 싶은 사람은 누구일까? A는 아르헨티나 에바 페론, B는 브라질 펠레밖에 모르겠으니 펠레, C는 캐나다 빨간 머리 앤, D는 덴마크 안데르센, E는 잉글랜드 엘리자베스 여왕, F는 프랑스 알랭 들롱, G는 그린란드, 잠깐만 그린란드도 나라였던가? 나라인지 아닌지 잘 모르겠으니 일단 패스……. (사이) 1981년 봄. 그렇게 나는 눈을 감고 어디 붙어 있는지 잘 알지도 못하는 나라들과 그곳에 사는 사람들을 생각하며……, 고향을 떠나는 나를 잊고, 손을 흔들다 끝내 울음을 터트리던 너의 얼굴을 지울 수 있었어. 그렇게 두 시간 후 눈을 뜨니 방직공장이었지. (사이) 선화야, 병원에 입원하니 좋은 게 몇 가지 있는데, 그중 하나는 내게 시간이 많이 생겼다는 거야. 지현이 낳고 잠이 늘 부족하단 너에겐 미안한 이야기지만, 정말 이렇게 많이 자도 되는 걸까 싶을 만큼 온종일 자도 아무도 내게 뭐라고 하는 사람이 없어. 여기서 이렇게 밀린 잠을 자려고 내가 그렇게 야근을 많이 한 걸까 싶어 혼자 가끔 웃기도 해. (사이) 시간이 많이 생기니까 여러 가지 생각들이 나. 옛날 생각. 의사가 좋은 생각만 하라고 해서, 옛날 기억들

중에 좋았던 것만 떠올려보려 노력하는데, 그러면 어김없이 네 얼굴이 생각나. (사이) 조금 좋았던 것과 많이 좋았던 것과 좋았으면 좋았을 모든 기억들. 그 속에 언제나 네가 있어, 선화야. (사이) 그리고 그 중에 제일 좋은 건 버스터미널에서 나에게 손을 흔들다가 어린아이처럼 바닥에 쪼그려 앉아 울던 너의 모습이야. 이상하게 들리겠지만 진짜야. 진짜로 그래. (사이) 생각해봐. 누가 나를 위해 그렇게 서럽게 울어주겠니. 이 세상 어느 누가……. (사이, 눈을 감고) H는 헝가리 리스트, I는 인도 간디, J는 일본 도라에몽, K는 한국……, 여기 바로 이곳 (사이) 내가 가본 적 있는 나라에서 가장 먼 도시가 여기 마산이라고 생각하면, 나는 가장 먼 곳에 와서……, 죽는 걸 거야. 그렇게 생각하면 기분이 이상해. (사이, 희미하게 웃으며) 이곳에서 알게 된 꼬마애가 하나 있어. 항암치료 때문에 머리털이 하나도 없는 여자아이인데, 어제는 저녁밥을 먹고 그 아이랑 여기 의자에 앉아서 이제 막 피기 시작하는 벚꽃을 바라보며 별 이야기를 다 했어. (사이) 그 꼬마애가 이모는 이 세상에서 누가 가장 밉냐고 물어보는 거야. 그래서 나는 미운 사람 없다고 하니까, 자기는 이 세상에서 엄마가 가장 밉대. 그래서 왜 그러냐고 물어보니 살면서 제일 미워하는 사람은 죽고 난 후 다시 태어났을 때 또 만나게 된다고, ……어느 동화책에 적혀 있었다는 거야. 그래서 자기는 엄마를 미워하기로 했다면서……. (사이) 이모도 보고 싶은 사람 있으면 빨리 미워하라고. (사이) 그러고는 한참 망설이다가 나에게 지옥이 있을 것 같냐고 묻더라. (사이) 아직 열 살도 안 된 아이가 지옥이 있을 것 같냐고. (사이) ……뭐라고 대답해줘야 할까? 뭐라고 말해주면 좋을까? (사이) 뜸 들이다 결국 그 아이에게 이렇게 말해줬어. (사이) "성은아. 사람은, 사람은 모두 늙어가잖아. 그리고 사랑하는 사람과 어쩔 수 없이 영영 헤어지고. ……그런데, 그런데 왜 지옥이 더 필요하겠니. 그거면 이미 충분한데."

산후조리원 옷을 입은 선화, 천천히 걸어 들어온다.
손에는 언니의 편지가 들려 있다.
선화, 걸음을 멈추고 순화의 옆얼굴을 바라본다.

순화 (입술을 깨문 뒤) 선화야. 네가 울지 않았으면 해. 네가 나를 위해 울어준 기억은 이미 내게 있으니, 그러지 않았으면 해. (사이, 종이 가방에서 아기 신발을 꺼내 들며) 큰이모가 돼가지고 배 속에 있는 둘째에게 아무엇도 못 해줘 미안하다. (사이, 신발을 바라보며) 이 작은 신발을 신고 아장아장 세상을 걸어 다닐 내 조카에게 나 대신 웃으며 인사해줘, 선화야. 그러면 나도 기쁠 거야.

순화, 벤치에 아기 신발을 놓아두고 자리에서 일어난다.

선화　　가지 마, 언니.

순화, 천천히 걸음을 뗀다.

선화　　가지 말라고.

순화, 선화의 옆을 그대로 지나친다.

선화　　(순화를 돌아보며) 이건 내 기억이잖아. 그러니 내 말 좀 들어. 가지 말라고. 이렇게 가지 말라고.

순화, 어떤 미동도 없이 천천히 걸음을 옮겨 퇴장한다.

선화　　언니, 제발……

선화, 사라져가는 순화의 뒷모습을 바라보다 순화가 앉아 있던 자리로 힘없이 걸어와 앉는다.

그러고는 아기 신발을 손에 들고 어루만진다.

잠시 후 선화에게 다가오는 장환.

장환	추운데 왜 나와 있어.
선화	…….
장환	언제부터 나와 있었어?
선화	……방금. 방금 나왔어.
장환	들어가자. 너 어제 제왕절개 실밥 풀었어. 의사가 웬만하면 움직이지 말라고 했잖아.
선화	……조금만, 조금만 앉아 있을래.
장환	…….

장환, 선화를 바라보다가 옆에 앉는다.

| 장환 | 이따 4시에 아이 볼 수 있다고 하는데, 볼 거지? |

선화, 고개 끄덕인다.

| 선화 | 젖 먹여야 할 텐데, 초유가 안 나오네. |
| 장환 | ……그렇게 눈물로 다 쏟아냈으니 ……젖이 나오겠 |

니.

선화   …….

선화, 말없이 아기 신발을 내려다본다.

선화   지현 아빠.

장환, 대답 없이 선화를 바라본다.

선화   언니 좋은 곳에 갔겠지?

장환, 고개를 끄덕인다.

선화   ……언니, 정말 좋은 곳에 갔겠지?

장환   그래. 분명히.

선화   거기서 엄마도 만나고, 보고 싶은 사람 다 만나고,
              나중에…… 나중에 나도 만나주겠지?

장환   그래, 나중에. 아주 나중에.

선화   (눈을 감으며) ……M은 몽골 칭기즈칸, N은 네덜란
              드 반 고흐, O는 오만……. (사이) 아는 사람이 하나
              도 없네. 하나도 없네. (눈을 뜨며) ……오빠, 아는 사
              람 없어?

장환   들어가자, 선화야. 아직 바람이 차. 언니 보러 가려면
        먼저 몸 추슬러야지.

선화, 미동도 없다.

선화   오빠. (사이) 나 부탁이 있어.
장환   ……그래, 말해.
선화   들어주겠다고 약속해줘.
장환   ……내가 할 수 있는 거면 할게.
선화   둘째 이름. 우리 둘째 아이 이름.
장환   …….
선화   (장환의 얼굴을 보며) 언니 이름 붙여주고 싶어. ……
        순화라고 불러주고 싶어.

장환, 말없이 선화의 얼굴을 바라본다.

선화   부탁이야, 오빠.
장환   ……생각해볼게.
선화   아니, 그렇게 해줘. 꼭 그렇게 할래. 언니 이름 줄 거
        야. ……그래서 이번에는 내가 언니에게 엄마가 돼
        줄 거야.
장환   ……그래, 그렇게 하자.

침묵.

손바닥 위에 올려놓은 아기 신발을 한참 쳐다보는 두 사람.

서서히 암전.

어딘가에,
어떤 사람

IV

시간	A.D. 2165년 4월

공간	달. 월면(月面)의 동부, 적도의 약간 북쪽인 동경 18도에서 43도 부근에 펼쳐져 있는 평탄한 지역, 일명 고요의 바다. 그곳의 우주선착장 대합실

등장인물

서윤지   여자, 36세, 절반 이하의 사이보그(Less Than Half Cyborg), 월면 기상관측소 연구원

강일호   남자, 37세, 절반 이상의 사이보그(More Than Half Cyborg), 행성광물채취 다국적 기업 직원

어둠.

극이 시작되면 무대 후면에 달에서 바라본 지구의 모습이 보인다.

고요의 바다, 우주선착장 대합실.

낡은 헬멧을 쓴 서윤지, 3인용 벤치에 앉아 있다.

벤치 옆에는 'Space Safety NGO / Free'라고 적힌 리플릿 거치대가 놓여 있다.

서윤지, 말없이 창밖의 월면을 바라보다 시선을 돌려 자신의 무릎 앞에 놓인 금속 캐리어를 내려다본다.

서윤지   춥고 어둡지? 미안해, 마루야.

서윤지, 다정한 손길로 캐리어를 쓸어내린다.

서윤지   그렇지만 여기도 춥고 어두워. 조금만, 조금만 참아.
            곧 꺼내줄게. 그리고 예전처럼······.

서윤지, 복도 저편에서 인기척이 들리자 말을 멈춘다.

날렵한 금속성 헬멧을 쓴 강일호, 대합실로 들어온다.

그의 오른손에는 하드케이스 서류 가방이 들려 있다.

강일호, 주위를 잠시 둘러보다 서윤지가 앉아 있는 벤치의 끝자리에 앉는다.

강일호   (서윤지를 슬쩍 쳐다본 후) 니하오!

서윤지   ……Hi!

강일호, 서류 가방을 무릎 위에 올려놓고 가방 속에서 카탈로그를 꺼내 펼쳐 보다가 어느 장에선가 의문스러운 표정으로 시선을 멈춘다. 강일호, 잠시 무언가를 생각하다 헬멧의 파란 통화 버튼을 누른다. 서윤지, 벤치 옆에 놓인 리플릿 거치대에서 엽서 크기의 전단지를 집어든 후 천천히 읽어 내려간다.

강일호   (신호를 기다리다) 아, 사무장님. 저 강일호입니다. 예, 잘 지내셨어요?

서윤지, 슬쩍 강일호를 한 번 쳐다본 후 전단지에 부착된 마이크로 칩을 자신의 헬멧 슬롯에 집어넣고 플레이 버튼을 누른다. 눈을 감고 천천히 '타인의 삶'을 읽어내는 서윤지.

강일호   아닙니다. 아직 승선 못 했습니다. (사이) 아니요. 우주선에 문제가 있는 건 아니고, 갑자기 태양흑점이 폭발하는 바람에……. (사이) 네, 수속은 끝났으니까 태양풍만 지나가면 출발할 수 있을 겁니다.

눈을 감은 서윤지의 얼굴 위로 작고 미묘한 표정이 빠르게 지나간다.

강일호 저기, 근데 다른 게 아니라, (급히 카탈로그를 펼치며) 음……, 카탈로그를 보니까 제가 이번에 교체할 EDR 티타늄 심장의 생산지 표기가 안 적혀 있네요. (사이) 알죠. 아는데 혹시나 해서 물어보는 거예요. 요즘 하도 남미쪽 OEM이 많다고 하니까.

서윤지, 미간을 살짝 찌푸린다.

강일호 네, 그렇죠. 네. 네. 아니까 제가 매번 부탁드리잖아요. (사이, 웃으며) 고맙습니다, 사무장님. 잘 부탁드릴게요. (사이) 아, 그리고 제 뇌파에 연결된 콘솔에 약간 잡음이 있는데 이번에 이것도 좀 봐주실 수 있을까요? (사이) 단기기억상실장치는 잘 작동하는데, 기억유전자 메모리 칩을 넣으면 이상하게 잡음이 좀 들리네요. 연결회로를 너무 많이 달아서 그런가? (옆에 앉아 있는 서윤지를 슬쩍 쳐다본 후 목소리를 낮춰) 혹시 정품이 아니라 부틀렉 칩을 가동시켜 그런가요? (사이) 아닙니다. 달에서 구할 수 있는 부틀렉이 얼마나 되겠어요. 이번에 들어가는 김에 암시장에서 왕창 사다놔야지, 맨날 본 거 또 보고, 본 거 또 보고 지겨워 죽겠습니다. (사이) 그럼요. 알죠. 걱정 마세요. (사이) 네, 그럼 사흘 후에 뵙겠습니다.

헬멧의 버튼을 눌러 통화를 종료하는 강일호.

카탈로그를 서류 가방에 집어넣은 후 기내식 봉투를 열어 작은 캡슐을

꺼내어 든다.

강일호, 캡슐 하나를 입에 넣고는 눈을 감은 서윤지를 쳐다본다.

서윤지, 어두운 표정으로 입술을 깨물고 있다.

그런 서윤지를 한참 동안 바라보는 강일호.

서윤지, 고통스러운 표정으로 점점 얼굴이 일그러진다.

강일호   (서윤지를 향해) Hey?

서윤지   …….

강일호   (서윤지를 향해 손을 뻗어 어깨를 치며) Hey?

서윤지, 눈을 뜨고 강일호를 바라본다.

강일호   Are You Okay?

서윤지   (깊게 숨을 내쉬고 난 후) ……괜찮아요.

강일호   어, 한국분이시네요?

서윤지   (헬멧의 스톱 버튼을 누르며) 그쪽도요.

강일호   아, 기억메모리 체험 중이셨나 보네요. 죄송해요. 제
               가 방해한 모양이네요. (사이) 그렇지만 얼굴 표정이
               너무 힘들어 보이셔서…….

서윤지   제가 그랬나요?

강일호   네. 굉장히 어두웠어요. (손가락으로 창밖을 가리키며) 저기 바깥처럼.

서윤지, 말없이 창밖에 펼쳐진 우주의 어둠을 바라본다.

강일호   (호기심 어린 표정으로) 무슨 메모리 칩인데 그렇게 심각한 표정이셨나요? 연쇄살인마? 20세기 학살자 시리즈?

서윤지, 손에 들고 있던 전단지를 강일호에게 내민다.
전단지를 받아 읽어보는 강일호.

강일호   "21세기 회고전. 100년 전 보통 사람들이 잃어버린 삶의 초상". (흥미를 잃은 얼굴로) 난 또 뭐라고. NGO에서 나누어주는 홍보용 무료 메모리 칩이네요.

서윤지   (손가락으로 리플릿 거치대를 가리키며) 네. 저기 있길래.

강일호   이거 다 NGO 상술이에요. 사람 울적하게 만들어서 돈 내게 만드는. 보지 마세요.

서윤지   마땅히 시간 때울 것도 없고 해서.

강일호   괜찮으시면 제가 재미있는 메모리 칩 좀 빌려드릴까요? (주위를 슬쩍 둘러본 후) 부틀렉도 있는데.

서윤지   부틀렉요?

강일호   네, 죽은 지 얼마 안 된 사람들 유전자 기억요.

서윤지   그거 불법 아닌가요? 인권침해 소지로 죽은 지 100년
            넘은 사람들 것만 팔 수 있게 법으로 정했잖아요.

강일호   에이, 법이 욕망을 어떻게 이겨요. 이미 죽은 사람들
            기억 좀 훔쳐보는 건데. 100년 전은 괜찮고, 10년 전
            은 안 된다는 것도 좀 우습지 않아요? (가방을 열려
            는 포즈를 취하며) 생각 있으세요? 연쇄살인마들 기
            억만 모은 전집도 있는데. 이거 한번 보면 다른 거
            못 봐요. 장난 없다니까요.

서윤지   ……아뇨. 그냥 심심한 게 좋을 것 같아요.

머쓱해하는 강일호.

강일호   네, 뭐 그러시다면. (사이) 아무튼 반갑습니다. 달에
            서 1년 6개월 만에 처음 만났네요, 한국 사람. (손에
            들고 있던 캡슐을 내밀며) 하나 드셔보실래요? 기내식
            으로 제공되는 캡슐인데 똠양꿍 맛이네요.

서윤지, 망설이다 강일호가 내민 캡슐을 받는다.

서윤지   고맙습니다.

서윤지, 먹지 않고 손바닥 위에 캡슐을 그대로 올려둔다.

강일호   그런데 달에는 무슨 일로?

서윤지   여기서 일하고 있어요. 월면 기상관측소에서.

강일호   아, 고요의 바다 끝에 무인도처럼 떨어져 있는 건물?

서윤지   네.

강일호   (혼잣말하듯이) 거기 한국분이 계셨구나.

침묵.

두 사람, 어색하게 서로를 바라보고 있다.

강일호   안 물어보세요?

서윤지   네?

강일호   저는 무슨 일 하는지.

서윤지   ······무슨 일 하시는데요?

강일호   팸에서 일해요. 행성광물채취 다국적기업.

서윤지   아, 중국인들 많은?

강일호   네. 거기서 로봇 엔지니어로 일하고 있어요. 제가 관
            리하는 로봇이 400대가 넘죠.

서윤지   ······네.

강일호   위난의 바다에 있는 헬륨쓰리 채취광산 보신 적 있
            죠? 달에서 가장 큰 탑이 세워져 있는······, 제가 만

든 로봇들이 거기서 일해요.

서윤지 ……네.

침묵.

강일호 태국 음식 싫어하시나 봐요?

서윤지 네?

강일호, 손가락으로 서윤지의 손바닥을 가리킨다.

서윤지 아, 언제 승선하게 될지 몰라서. (변명하듯) 공복이
아니면 중력장에 멀미를 좀 하거든요.

강일호 그러시구나. 그럼 제가 먹어도 될까요?

서윤지 네, 그러세요.

서윤지, 손바닥을 내민다.

캡슐을 입에 넣는 강일호.

강일호 달에 와서 식욕만 늘어난 것 같아요. 하긴 뭐 할 게
있어야지. (사이) 중력장 멀미를 하시는 걸 보니 순정
휴먼이신가 보네요?

서윤지 …….

강일호   아, 초면에 이런 거 물어보면 실례인가?

서윤지   아뇨. 괜찮아요. 순정 휴먼은 아니고 Less Than
             Half예요. 10퍼센트 정도.

강일호   그러시구나. 저도 아직은 LC예요. 48퍼센트. 그렇지
             만 사흘 후면 드디어 MC가 되죠. (감격스럽다는 듯이)
             More Than Half Cyborg.

서윤지   (조심스럽게) 어디 몸이 안 좋으세요?

강일호   네? (바보 같은 질문을 받은 기분으로) 아뇨. 요즘 추
             세잖아요. 사람 몸이라는 게, 음…… 거추장스럽기
             도 하고. 늙기를 기다리는 것도 바보 같고. 미리미리
             바꿔두는 게 좋잖아요. 요즘 젊은 애들은 정말 장난
             아니던데.

서윤지   ……네.

침묵.

강일호   달에 오신 지는 얼마나 되셨어요?

서윤지   ……11년요.

강일호   와, 엄청나네요. 안 심심하세요? 전 이제 1년 반 정
             도 됐는데도 죽을 것 같은데. 아, 맞다. 심심한 거 좋
             아하신다고 했죠.

서윤지   ……네.

강일호   그럼 완전히 들어가시는 거예요?

서윤지   아뇨. (캐리어를 슬쩍 한 번 쳐다본 후) 일이 있어 한 달
            정도 휴가를 냈어요.

강일호   그러시구나.

침묵.

서윤지, 어색하게 자신의 헬멧을 만진다.

강일호   (서윤지의 헤드셋을 가리키며) 엄청 클래식한 걸 쓰시
            네요.

서윤지   11년 전에 달로 올 때 마련한 거라. (변명하듯) 버튼
            도 잘 안 눌러지고 충전도 오래 걸리지만, 이제 제
            몸처럼 편하게 느껴져서 딴 게 눈에 잘 안 들어오네
            요. 하나하나 손때가 묻었다고나 할까.

강일호   작동만 되면 되죠. 뭐 빈티지 느낌도 나고 나쁘지 않
            은데요.

서윤지   네. 초기 모델이라 가끔씩 끊기기는 하지만 정품 메
            모리 칩은 다 읽어낼 수 있어요.

강일호   그래도 이번에 들어가시면 면세점에서 새 모델 한번
            구경해보세요. 굉장한 모델들이 많이 나와 있으니
            까. (자신의 헬멧을 가리키며) 제품에 따라서 체험 수
            준이 완전히 달라지더라고요.

서윤지　네, 좋아 보이네요.

강일호　에이, 이것도 이제 한물간 모델이에요.

서윤지　……뒤쪽에 있는 검은 버튼은 뭔가요?

강일호　아, LOST 버튼이요?

서윤지　LOST?

강일호　네. Short-term Memory Loss System이라고, 단기
기억상실장치예요. 좀 비싸기는 하지만 요즘 나오는
제품들은 옵션으로 추가할 수 있어요.

서윤지　……그게 왜 필요하죠?

강일호　(웃으며) 제가 좀 예민해서요. 불필요하게 감정 낭비
하는 것도 싫고, 머릿속에 원치 않는 기억이 남아 있
는 것도 여간 불쾌한 게 아니라서.

서윤지　…….

강일호　그러니까 실수를 해서 누군가에게 핀잔을 들었거나,
의도치 않게 불쾌한 일을 당했다거나, 낯설고 감당
하기 힘든 감정이 생기려고 할 때 이 버튼을 누르면
30분 전의 모든 기억이 깨끗이 사라져요. 퍼펙트 클
리어! 내 머릿속 밖으로 모든 기억을 완전히 날려버
리는 거죠. 그러면 당연히 기분도 한결 나아져요. 기
억이 사라지니까 우울하거나 칙칙했던 감정도 30분
전의 맑은 상태로 돌아가는 거죠. 하하.

서윤지, 멍하니 강일호를 바라본다.

강일호   망각이 진화를 결정한다! 생태인류학자들이 그러는데 지구상에 존재했던 수많은 생물들의 진화 과정을 살펴보면, 이전의 기억을 쉽게 망각하는 유전자가 강한 생물들이 오히려 탈피를 거듭하면서 고등생물로 발전할 가능성이 높았다고 해요. 말 그대로 망각이 진화에 유리하다는 것이죠.

서윤지   일반적으로 우리가 생각하는 것과는 많이 다르네요.

강일호   네. 물론 여기서 말하는 기억은 학습으로 만든 유익한 경험이 아니라 감정을 만들어내는 불필요한 경험을 뜻하는 것이겠죠. 감정의 소비라는 게 사실 생산적인 건 아니잖아요. 울고, 불고, 짜고, 주저앉고. (한심하다는 듯이 고개를 흔들고 난 후) 과거를 그리워하는 감정이 대표적이죠. 그런 감정은 앞으로 나가야 하는 진화의 과정에 걸림돌일 뿐 인간을 새로운 곳으로 데리고 가지 못하니까. 말 그대로 진화에 방해만 될 뿐이죠.

서윤지, 강일호의 말을 듣다 고개를 돌려 자신의 캐리어를 바라본다.

서윤지   (캐리어를 매만지며 나지막이) ……망각이, 진화를, 결정한다!

강일호, 피식 웃음을 짓는다.

강일호　　심각할 것 하나 없어요. 쉽게 이야기해서 만약 지금 제가 이 버튼을 누르면 저는 30분 전의 기억으로 돌아가고, 우리는 만난 적 없는 사람이 되는 거죠. 하하.

서윤지　　……네.

강일호　　걱정 마세요. 지금 제 기분은 아주 좋으니까. 이 버튼을 누를 일은 없을 겁니다.

서윤지　　……다행이네요.

강일호　　아무튼 이번에 지구에 가시면 면세점에 꼭 들러보세요. 며칠 전 뉴스 보니까 중국에서는 기억유전자 칩을 뇌파에 간접 투사하는 방식이 아니라 이제는 뇌신경에 직접 연결하는 방식의 제품도 나왔다고 하던데.

서윤지　　그럼 타인의 삶을 훔쳐보는 수준이 아니라 거의 그 사람이 되어볼 수 있겠네요.

강일호　　그렇죠. 이제 대리 체험이 아니라 완전히 그 사람이 될 수 있는 거죠. 중국 애들 참 대단해. 그죠?

서윤지　　……네. 무서워요.

강일호, 말없이 서윤지를 바라본다.

서윤지   죽었다고는 하지만 한때 우리처럼 먹고, 마시고, 노래하고, 사랑하는 이의 이름을 부르던 사람들의 기억을 훔쳐본다는 게. 훔쳐보는 것뿐만이 아니라, 그들이 살면서 순간순간 느꼈던 모든 감정을 대리 체험해볼 수 있다는 게.

강일호   그렇죠. 너무 재미있으면 무섭기도 하죠. (사이) 아니, 무서우니까 재미있는 건가? 뭐, 아무렴 어때요. 심심하지만 않으면 되지.

서윤지   …….

침묵.

두 사람, 창밖 어둠을 바라본다.

강일호   오늘 중으로 출발할 수 있겠죠?

서윤지   ……아마도.

강일호   (초조한 표정으로) 어렵게 예약해놓은 거라서 펑크 나면 안 되는데.

침묵.

서윤지, 무의식처럼 캐리어를 쓰다듬는다.

서윤지　　　(혼잣말) 괜찮아, 괜찮아. 착하지.

강일호, 고개를 돌려 캐리어를 쓸어내리는 서윤지를 바라본다.

강일호　　　(캐리어를 가리키며) 중요한 물건이 들어 있나 봐요?

서윤지　　　네, 저한테 가장 소중한 거예요. 물건은 아니지만.

강일호　　　물건은 아니지만 가장 소중한 거라?

서윤지　　　(천천히 캐리어를 쓸어내리며) 네. 제 친구요.

강일호, 뜨악한 표정으로 서윤지를 바라본다.

서윤지　　　30년 동안 제 옆에 있었죠. 어떤 불평불만도 없이 언
　　　　　　　제나 옆에 있어준 건 오직 이 친구밖에 없어요.

강일호　　　스무고개인가요?

서윤지　　　(고개를 저으며) 아뇨. 스무 개씩이나 질문할 필요 없
　　　　　　　어요.

서윤지, 고개를 돌려 강일호를 바라본다.

서윤지　　　강아지예요. 2135년 일본 애니멀오토사(社)에서 만
　　　　　　　든 로봇 반려견.

강일호　　　아!

서윤지   출시 직후 회사가 망해버려서 갑작스럽게 단종된 모델이죠.

강일호   …….

서윤지   여섯 살 때 생일 선물로 아버지에게 받았어요. 그리고 한 달 전까지 제 옆에서 꼬리를 흔들며 얼굴을 핥아주었죠.

강일호   고장?

서윤지   네, 많이 아파요. 하긴 너무 늙었으니까.

강일호   회사가 사라져버려서 부품 구하기가 쉽지 않을 텐데요.

서윤지   네, 그래서 직접 가보려고요. 누구든 치료해줄 만한 사람이 있겠죠.

강일호   11년 만에 지구로 가는 이유가 이거였군요. 멋지네요.

서윤지   내 옆에 있어줬으니까요. 쳐다만 봐도 달려오고, 가라고 밀어내면 더 세게 꼬리 흔들고, 내 목소리의 데시벨이 너무 높거나 낮아지면 앞발을 들고 달려와 빙글빙글 배터리가 방전될 때까지 애교를 부렸으니까.

서윤지, 고개를 숙이고 캐리어를 쓰다듬는다.

서윤지   괜찮아, 괜찮아. 착하지.

강일호, 창밖의 어둠을 바라본다.

강일호   ……추억이 있는 거군요.
서윤지   ……아마도.

강일호, 어깨가 뭉친 사람처럼 고개를 한 번 크게 돌린다.

서윤지   (천천히) 망각이, 진화를, 결정한다! ……그렇다면 나
           는 진화하지 않을래요.
강일호   (한참 동안 대꾸할 말을 찾다가) 뭐, 좋으실 대로.

강일호, 옆자리에 놓아둔 'Space Safety NGO' 전단지를 집어 든다.

강일호   (말을 돌리듯) 근데 아까 뭘 본 거예요? 굉장히 심각
           한 표정이시던데?
서윤지   글쎄요. 저도 잘 모르겠네요. 제가 뭘 본 건지.

강일호, 전단지를 읽어 내려간다.

강일호   "Space Safety NGO 21세기 회고전. 100년 전 보

통 사람들이 잃어버린 삶의 초상을 찾아서." 뭐, 별
거 없어 보이는데.

서윤지　　궁금하시면 한번 체험해보시든가요.

강일호, 서윤지의 말에 대답 없이 계속 전단지의 뒷면을 읽어나간다.

강일호　　"21세기 초 평범한 사람들에게 닥친 재난을 들여다
보고, 운명 앞에서 모든 걸 잃어버린 이들의 아픈 기
억과 감정을 통해 오늘날 우리가 살아갈 방향을 모
색하려 제작된 비상업용 홍보기획물입니다. 무료로
배포하오니 많은 관심 부탁드리며, 더 자세한 사항
을 알고 싶으신 분들은 Space Safety NGO 사이버
넷으로 접속 바랍니다."

서윤지, 벤치 옆 리플릿 거치대에서 전단지 한 장을 더 꺼내 든 후 전단
지에 붙은 기억유전자 메모리 칩을 떼어낸다.

서윤지　　(망설이다가) 칩 드릴까요? 저도 끝까지 못 봤으니
같이 보실래요?

강일호, 잠시 서윤지가 내미는 칩을 바라본다.

강일호   뭐, 그러죠. 제 취향은 아니지만 딱히 할 것도 없으
니.

강일호, 칩을 받아 들고 자신의 헬멧 슬롯에 집어넣는다.

주머니에서 전자 장갑을 꺼내어 착용한 다음 헬멧의 플레이 버튼을 누르는 서윤지와 강일호.

두 사람, 정면을 향해 고개를 들고 눈을 감는다.

어두워지는 무대.

무대 후면, 달에서 바라본 지구의 모습이 사라지고 주파수 물결이 요동치기 시작한다.

강일호   (손을 허공에 뻗어 책을 넘기듯) "이름, 이선화. 1967년
충북 단양에서 태어나 2035년 경기도 안산에서 사
망". 여자네요?

서윤지   네.

침묵.

강일호, 빠르게 허공에 손짓을 한다.

강일호   엄마가 일찍 죽은 것 말고 유년 시절은 뭐 별거 없
네요.

서윤지   …….

강일호   (허공에 손을 저으며) 시멘트 공장에서 일하는 아버지,
          엄마 대신 다정하게 살펴주는 언니, 말없는 남동생
          과 툭하면 우는 여동생. 뭐야, 너무 평범하잖아요.

서윤지   천천히 보세요.

강일호   뭐 특별한 게 있어야 천천히 가죠.

서윤지   ……그래도 한 사람의 일생이에요.

강일호, 푸념하듯 숨을 내쉰 후 손짓으로 속도를 조절한다.

침묵.

강일호   (타박하듯) 아이고, 저런 괴상한 남자를 좋아하다니.

서윤지   왜요. 그래도 순수하고 착하잖아요.

강일호   말도 안 돼. 저건 착한 게 아니라 멍청한 겁니다.

두 사람, 손짓이 점점 빨라진다.

강일호   세상에, 저게 뭐야?

서윤지   중국식당이잖아요.

강일호   아니, 저렇게 시커먼 국수를 어떻게 먹는 거죠? 그것
          도 맛있다고 하면서.

서윤지   저 사람들은 우리가 먹는 우주 식량을 보면 기겁할

지도 몰라요.

침묵.

강일호   (기겁하며) 뭐야, 저 남자.

서윤지   왜요?

강일호   좌표 213.35.72.

서윤지, 빠르게 손짓을 한다.

강일호   저 남자 지금 프러포즈하고 있는 거죠? 반지가 아
         니라 구두를 앞에 두고.

서윤지   ……그러네요. 자기가 직접 만든 구두라고 하는데
         요.

강일호   어머, 이 여자 감동해서 우네. 말도 안 돼.

서윤지   1994년 4월 10일 18시 32분. 프러포즈를 승낙하는
         순간 세로토닌 수치가 가장 높게 나오네요.

강일호   (스스로가 한심하다는 듯이) 이거 계속 봐야 해요? 아
         까 전단지에서 말한 재난이란 게 도대체 뭐죠?

서윤지   조금만, 조금만 더 기다려보세요.

침묵.

무료한 표정으로 허공에 손짓하는 강일호.

강일호   1997년 봄. 언니가 죽었네요. 왜 저때는 저런 시시한 병으로 죽었던 거야? 이해를 못 하겠네.

서윤지   임신한 몸으로 그녀가 울어요. 산이 무너지듯 울어요.

강일호   언니가 죽은 다음 날 두 번째 아이가 태어났네요. 이번에도 딸이네요.

서윤지   그녀가 태어난 아이에게 언니 이름을 지어주었어요. 순화, 또 다른 순화네요.

침묵.

허공 속 손짓들.

강일호   남편이 운영하던 구두 가게가 망했네요.

서윤지   ……은행 차압이 집에도 붙어 있어요.

강일호   그러게 보증을 왜 서서는. 여자 말을 듣지. 얼씨구, 자기가 뭘 잘했다고 소리를 질러.

서윤지   어린 딸을 껴안고 우네요. (왼손으로 가슴을 만지며) 가여워라.

강일호   설마 이게 재난이라는 건 아니겠죠?

침묵.

허공 속 손짓들.

강일호	저게 150년 전 대형마트인가 보네요. 무지하게 우악
	스럽게 생겼네.
서윤지	하루 종일 서 있어서 다리가 엄청 부었어요.
강일호	캐셔 일이라는 게 다 그렇죠. 요즘도 마트에서 근무
	하는 로봇이 가장 쉽게 망가져요.
서윤지	남편은 하루 일하고, 하루 쉬네요.
강일호	아무튼 그때나 지금이나 보증이 문제야, 문제.

침묵.

허공 속 손짓들.

서윤지	그래도 딸들은 참 예쁘게 컸네요. 특히 둘째.
강일호	다이어트만 좀 하면 더 괜찮을 것 같은데.
서윤지	저 나이 때는 저 정도가 딱 좋은 거예요.
강일호	수학여행을 가나 본데요.
서윤지	설레어하는 딸을 보며 이 여자가 더 좋아하네요.
강일호	남편도 푸드코트에서 일하게 됐고, 이제 좀 살 만해
	진 모양이네.

무대 뒤, 주파수 물결이 급격하게 요동치기 시작한다.

서윤지와 강일호, 허공에 움직이던 손짓을 멈춘다.

표정이 급격히 어두워지는 서윤지.

무대 위로 엄마와 딸의 목소리가 들려온다.

"엄마, 나 갔다 올게."

"너, 멀미약 챙겼어? 배 타고 간다면서."

"괜찮아. 배가 엄청 커서 멀미도 안 한대."

"그래도 모르니까 가지고 가."

"알았어, 알았어. 어휴, 그놈의 잔소리."

"순화야, 조심히 잘 다녀와. 선생님 말 잘 듣고."

"그렇게 걱정되면 용돈이나 좀 더 주든가."

"10만 원이면 엄마 이틀 동안 종일 서 있어야 해."

"알아. 나도 안다고. ……그냥 투정해본 거야. 고마
워서."

"고맙다면서 왜 투정을 해."

"그래야 엄마가 생색낼 테니까. 고마워, 엄마."

"두 번만 고마웠다가는 엄마 구박하겠다, 너."

"……엄마!"

"왜?"

"엄마는 왜 엄마야?"

"얘가 뭐라는 거야?"

"아니, 엄마는 왜 내 엄마냐고."

"순화 씨, 헛소리 말고 얼른 가세요. 친구들 기다리게 하지 말고."

"알았어. 나 지금 신발 신는다고."

"순화야, ……네가 봐뒀다는 그 운동화는 세일할 때 꼭 사 줄게."

"됐어. 나 정말 괜찮다니까 그러네. 이 신발도 아직 신을 만해."

"……."

"아이고, 나 늦겠다. 엄마, 나 정말 간다."

"그래. 도착하면 문자 주고."

"엄마!"

"또 왜?"

"……나 혼자 놀러 가서 미안해."

"쓸데없는 소리 하지 말고, 친구들이랑 재미있게 놀다 와. 차 조심하고."

"(웃으며) 바보, 배 타고 간다니까 그러네. 정말 안녕."

"그래. 잘 다녀와, 순화야. ……우리 귀여운 강아지."

무대 뒤 주파수 물결 멈춘다.

두 사람, 말없이 눈을 감고 있다.

잠시 후 힘없이 팔을 뻗어 허공에 얕게 손짓을 하는 강일호.

강일호   이다음은…… 온통 바다네요.

서윤지   (크게 숨을 들이마신 후) 네, 새파랗게 물결치는 바다
뿐이에요. 2014년 4월 16일을 기점으로 이후 죽을
때까지 새롭게 입력된 기억이나 감정은 하나도 없어
요. 그저 바다만 있어요. 이 여자 기억 속에는…….
그저 새파랗게 어두운 바다만.

강일호   …….

강일호, 복잡한 표정으로 눈을 뜬 후 헬멧의 스톱 버튼을 누른다.

잠시 후, 서윤지도 눈을 뜬다.

주파수 물결이 사라지고, 처음처럼 달에서 본 지구의 모습이 나타난다.

서윤지   이 여자는 두 번이나 순화를 가슴에 묻었어요. 자신
을 키워준 언니와 자신을 살게 한 딸을. ……어떻게,
어떻게 그럴 수가 있을까요?

강일호   글쎄요. 제가 뭘 알겠어요.

서윤지, 고개를 숙이고 손을 뻗어 캐리어를 천천히 쓸어내린다.

서윤지   (숨을 참아내듯이) 괜찮아. 괜찮아. 우리 귀여운 강아
지. 내가 곧 꺼내줄게. 내가 꺼내줄게. 지구에 돌아
가기만 하면……, 지구에 가기만 하면……, 내가 너

를……, 반드시, 반드시 꺼내줄게.

강일호, 어깨가 뭉친 사람처럼 고개를 크게 한 바퀴 돌리고 난 후 얼굴
을 찡그린다.

강일호 저기, 나한테 거짓말했죠?

서윤지 네?

강일호 아까 처음에 봤을 때도 끝까지 봤잖아요. 아니에요?

서윤지 무슨 말씀인지.

강일호 모른 척하지 마요. 끝까지 봤으니까 그렇게 괴로운
　　　　　표정을 지은 거잖아요.

서윤지 그게 그렇게 중요한 건가요?

강일호 당연히 중요하죠. 지금 내 감정이 엉망이 됐으니까.

서윤지 …….

강일호 아이, 씨발. 기분 좆같네. (전단지를 집어 들며) NGO
　　　　　씨발 새끼들. 어쩌자고 이런 걸 공공장소에 막 뿌리
　　　　　는 거야.

강일호, 욕설을 내뱉으며 전단지를 찢어 바닥에 내던진다.
서윤지, 무표정한 얼굴로 강일호를 쳐다본다.

강일호 (자신의 헬멧을 가리키며) 아까 이 버튼이 뭐냐고 물었

죠?

서윤지　　……네.

강일호　　내가 이제 보여줄게요. 잘 봐요, 이 씨발년아!

강일호, 신경질적으로 헬멧의 LOST 버튼을 누른다.

무대 뒤, 달에서 바라본 지구의 모습이 사라지고 암흑의 우주 공간이 보인다.

약한 전류가 몸을 통과하는 듯 눈을 감고 미세하게 몸을 떠는 강일호. 이내 흔들리는 몸을 멈추고 천천히 눈을 뜬다.

강일호, 처음 무대에 등장했을 때의 표정으로 고개를 든다.

서윤지　　…….

서윤지와 눈이 마주치는 강일호.

강일호　　(눈인사를 하듯 살짝 고개를 숙이며) 니하오!

서윤지　　(한참을 망설이다가) ……Hi.

강일호　　(고개를 한 번 갸웃거리며) 저기, 혹시 한국인이신가 요?

서윤지　　……What?

강일호   (당황하며) I'm sorry. I think I got the wrong person.

강일호, 잠시 주위를 둘러보다 자리에서 일어난다.
밖으로 나가려는 듯 발걸음을 옮기는 강일호.

서윤지   (나지막이 그러나 또박또박) You will regret this someday.

강일호, 서윤지의 말을 잘 알아듣지 못했다는 표정으로 돌아본다.

강일호   Sorry?
서윤지   (고개를 저으며) ······Nothing.

강일호, 알 수 없다는 표정으로 몸을 돌려 밖으로 퇴장한다.
홀로 남은 서윤지, 천천히 손을 뻗어 캐리어를 매만지고 난 후 다시 헬멧의 플레이 버튼을 누른다.

무대 뒤로 우주의 암흑 영상이 사라지고 파란 바다가 보인다.
아무 일도 없었다는 듯이 잔잔하게 물결치는 바다.

서윤지, 입술을 깨물며 천천히 눈을 감는다.

서윤지   H는 헝가리 리스트, I는 인도 간디, J는 일본 도라에
몽, K는 한국……, (숨을 멈춘 후 천천히 내뱉으며) 아
는 사람이 없네, ……하나도 없네.

눈을 떠 정면(객석)을 한참 동안 응시하는 서윤지.
잔잔한 파도 소리만이 무대에 눈처럼 흩날린다.

막

리뷰

체호프는 왜 사할린에 갔을까

헨리크 입센과 안톤 체호프는 현대연극의 창설자다. 이들의 연극에는 왕과 왕비도, 왕자와 공주도, 그 흔한 궁정인(宮廷人)도 나오지 않는다. 따라서 황실도, 왕위를 둘러싼 음모도, 성벽에서의 칼싸움도 나오지 않는다. 입센과 체호프의 주인공들은 고작해야 은행장이거나 몰락한 지주며, 무대는 거실이다. 아무런 볼거리도 제공하지 않았던 이들의 연극은 거실에 모인 등장인물들이 소파에 앉아 또박또박 대화만 나눈다고 해서 '대화극', '소파극' 등으로 놀림받았다. 하지만 입센과 체호프는 달빛이 휘영청한 성벽에서의 칼싸움을 보여주는 대신, 그보다 더 흥미로운 인간의 심연, 곧 심리를 파고들었다. 현실을 연극의 장소로 불러들인 두 사람의 연극을 '심리적 사실주의'로 부르는 이유다. (무대 복판에 '소파'만 놓지 않았을 뿐, 소포클레스와 윌리엄 셰익스피어

역시 뛰어난 심리학자였음을 덧붙인다.)

고재귀의 첫 희곡집 『공포』에 부치는 독후감을 "현대연극의 창설자" 운운으로 시작한 이유는, 세 편의 작품이 실려 있는 이 희곡집의 표제작인 「공포」가 체호프에게 바치는 경의(hommage)로 읽히기 때문이다. 작가가 공개한 창작 노트에 따르면, 체호프를 모델로 삼은 이 작품은 체호프의 단편소설 「공포」(1892)와 그가 사할린 유형지를 견학하고 쓴 현장보고서 『안톤 체호프 사할린 섬』(1895)에서 창작의 동기를 얻었다고 한다. 그런데 작품을 읽어보면, 작가가 두 저작에서 얻은 동기를 체호프의 또 다른 희곡 작품들과 상호 연관시킨 흔적들을 찾을 수 있다.

먼저 체호프의 대표 장막들이 '도착-출발'이라는 구성을 갖고 있듯이 이 작품 또한 모델 인물인 체호프의 도착으로 시작해서 실린의 출발로 끝난다. 이와 같은 구성은 체호프의 단편소설 「공포」의 구성을 그대로 따른 것이기도 하지만, 무엇보다도 이 특징은 체호프의 대표적인 극작술('도착-출발') 속에 통합시키는 것이 더 적절해 보인다. 다음으로 눈에 띄는 상호 연관은 이 작품에서 2년 만에 실린의 농장을 찾아온 체호프를 『갈매기』의 트리고린에, 그를 사랑하는 동시에 저주하는 마리를 니나에, 마리의 남편 실린을 같은 작품 속의 트레플료프에 대입하는 것이다. 그럴 때 고재귀에 의해 창작된 이 희곡은 비극으로 막을 내렸던 『갈매기』의 대안적 결말 내지 후속편이 된다.

체호프의 희곡을 꿰고 있는 독자라면 고재귀의 작품에서 이보다 더 많은 상호 연관성을 찾아낼 수도 있을 테지만, 그러한 상호 연관의 합은 저절로 생겨나지 않는다. 그런 우연이 생겨날 수 있다면, 거대한 사막에 늘어놓은 보잉 777X의 잘게 분해된 부품이 단 한 차례의 모래폭풍에 의해 곧 이륙할 수 있는 보잉 777X로 재조립되는 기적도 가능할 것이다. 구슬을 꿰는 사람이 없다면 구슬은 구슬일 뿐 목걸이가 되지 못한다.

희곡으로 탄생한 「공포」는 1891년 11월, 사할린 여행을 마친 체호프가 페테르부르크 인근에 있는 실린의 농장을 찾아오면서 시작된다. 체호프는 실제로 사할린 유형지의 실상을 조사하기 위해서 1890년 4월 모스크바를 떠났고, 거의 3개월간 사할린에 체류한 다음, 같은 해 12월 모스크바로 돌아온 적이 있다. 그가 사할린 여행을 떠났던 서른 살 때는 10년 동안의 작가 생활 끝에 이제 막 소설가와 극작가로서 인정과 명망을 얻기 시작할 때였다. 그런 그가 왜 갑자기 '세상의 끝'이나 다름없는 사할린 유형지를 보러 떠날 생각을 하게 되었는지는 오늘까지도 러시아 문학사 속의 작은 수수께끼가 되어 있다. 가족과 주변의 만류에도 불구하고 그가 사할린행을 택한 이유로 많은 평자들은 작가로서의 새로운 전기를 마련하기 위해서였다는 것에 합의하고 있다. 사할린 여행 이후 체호프는 민중의 삶에 대해 좀 더 진지한 고민을 하게 되었고, 그 결과 나타난 가장 큰 변화는 연극에 심혈을 기울이게 된 것이다. 활자 매체보다는 연극이 좀 더 민중과 가까운 형식이라고 생각한 체호프는 사할린 여행 이후, 그의 4대 장막 가운데 첫 편인 『갈매기』(1895)를 쓰게 된다.

고재귀는 이 희곡에서 체호프를 사할린으로 향하게 만든 또 다른 가설을 내놓았다. 작가는 체호프의 단편소설 「공포」에 나오는 실린을 데려와 체호프의 친구로 설정하는 동시에 연기에 재능이 있는 그의 아내 마리와 체호프를 연인 관계로 묶었다. 체호프는 친구의 아내를 사랑하게 된 것에 대한 죄책감과 마리의 열정이 부담스러워 『갈매기』의 트리고린이 니나를 버렸듯이, 갑작스럽게 사할린으로 떠나고 만다. 그랬던 체호프가 사할린 여행기(현장보고서)를 마무리하기 위해 2년 만에 실린의 농장을 다시 찾아온 것이 이 연극의 서두다.

지금까지 살펴본 체호프와 마리 사이의 전사(前事)에만 주목하면 재회한 두 사람이 어떤 관계로 이어질지가 이 연극의 중요한 화제가 될 테지만, 작가는 체호프가 그랬던 것처럼 하나의 중심이 아닌 여러 줄기의 이야기로 작품을 짠다. 혼담을 앞두고 마을의 술주정뱅이 가브릴라와 몰래 놀아나다가 마리로부터 내쫓겨 길거리를 전전하던 카챠는 다시 마리의 하녀로 일하게 되기를 염원하고, 카챠를 망쳐놓은 가브릴라는 실린으로부터 닷새 동안 열 병의 포도주 가운데 딱 한 병만 안 마시고 남겨둘 수 있다면 그와 카챠를 자신의 집에서 일할 수 있게 해주겠다는 시험을 받는다.

작가는 마리와 카챠를 통해 체호프가 무대 위에서 구현하려고 했던 민중의 다면적인 삶을 비춰주며, 이들을 통해 실린과 마리의 사이에 내재한 원천적인 불화를 드러낸다. 마리는 분별력은 있지만 동정은 없으며(카쟈는 그 반대다), 실린은 항상 분주하지만 실속이 있지는 못하다. '참회하는 귀족'에 속하는 그는 도리어 현실에 압도되어 공포를 느낀다. 그의 공포증은 낭만적 태도로 현실에 개입하려고 했던 데서 온 후유증으로, 이 공포는 체제에 투항하는 것으로 곧 치유될 전망이다. 이해를 돕기 위해, 체호프의 「공포」에 나오는 화자("나")가 실린에 대해 한 말을 인용한다. "집안일이 순조롭게 풀리면 자기는 페테르부르크로 돌아가서 공부를 시작할 작정이라고 말했다. 또 그는 수많은 재능 있는 젊은이들을 시골로 내몰았던 한때의 풍조는 서글픈 일이었다고 말했다."(『체호프 단편선』, 민음사, 2002, 25쪽) 여기 나오는 한때의 서글픈 풍조란 19세기 후반 러시아의 젊은 지식인들 사이에서 일어난 브나로드(Vnarod, '민중 속으로'라는 뜻을 가진 농촌계몽운동)를 가리킨다.

이 작품에서 가장 흥미로운 부분은 작가가 만든 체호프 상(像)이다. 작중의 체호프는 자신을 "멍청한 사념"(17쪽)에나 빠지는 사람, "거리에 떠도는 엉터리 추문 같은 이야기"(22쪽)나 "하릴없이 우스꽝스러운 콩트나 써대"(49쪽)는 사람, "저라는 사람에게 그런 고결한 사상이 있을 리 없지 않겠습니까?"(73쪽)라고 정색하는 사람으로 규정한다. 그는 질문을 당하면 "질문에 질문으로 대답"(65쪽)하거나 "……"(128쪽)로 대신하는 사람, 어떤 조언이나 판단을 요청받았을 때 "제가 자세한 사정을 알지 못하여 말씀드리기가 곤란하군요"(82쪽)라거나 "나는 아무 쪽에도 걸지 않겠습니다"(107쪽)라고 자신을 낮추거나 감춘다. 그는 "……모르겠습니다. 내가 보았던 것이 무엇인지"(131쪽)라고 말하는 사람, 한마디로 "……나는 아무것도 모르겠습니다"(112쪽)라고 말하는 사람이다. 작가는 체호프의 이런 인물상을 강화하고자 실린이 두 번씩이나 이상한 냄새에 대해 언급했을 때 아무런 냄새도 느끼지 못하는 인물로 묘사했다.

'나는 아무것도 모른다'라고 말하는 체호프의 반대편에 그에게 커다란 영향을 끼친 대선배이자 '나는 모든 것을 안다'라고 말하는 시대의 스승이 있었다. 체호프가 1894년 봄, 공개적으로 결별 선언을 하기도 한 레프 톨스토이가 바로 그다. 그 시대의 초자아 역할을 했던 톨스토이는 자신의 예술론 속에 예술을 판단하는 최고의 잣대로 도덕을 가져왔던바, 체호프는 고재귀의 입을 빌려 다시 한 번 톨스토이와 결별한다. "빌어먹을. 나는 도덕이 무섭습니다."(116쪽) 체호프의 희곡에서는 톨스토이의 박애주의에 들어맞는 인물이나 도덕적 영웅을 찾기 힘들다. 그들은 대개 평균적인 도덕의 소유자들인 데다가 삶의 비애를 잊게 해주는 소박한 욕망 말고는 그 어떤 신성한 목적도 품고 있지 않다. 오히려 체호프의 희곡에서는 이 희곡에 나오는 가브릴라처럼 의지가 약해서 스스로를 망치는 인물들이 대부분이다. 이런 개방성 덕분에 우리는 무대에서 좀 더 다종다양한 인간의 종합적인 모습을 볼 수 있게 되었다.

희곡 「공포」에 나오는 등장인물들은 무엇인가를 하나씩 상실한 사람들이다(그 '무엇'을 사랑이라고 하자). 쥐가 썩어가는 구두 상자는 관객의 주의를 끄는 맥거핀(macguffin)이자, 상실로 인한 정신적 외상(trauma)을 상징한다. "슬픔의 틈새"(90쪽)라고 해도 좋을 상실의 트라우마는 이 희곡집에 실려 있는 나머지 두 작품, 「우리들 눈동자가 하는 일」과 「어딘가에, 어떤 사람」에서 변형된 무엇으로 다시 출현한다. 두 작품에 따르면 인간이 어머니에게 얻어내고자 하는 모성애는 '필사의 의지'로 추구되는 것이다. 그렇게 해서 끄집어낸 사랑은 수혜자의 빚(죄책감)이 된다. 어머니가 요구한 부채 상환이든 나의 자발이든, 이 빚 갚기 또한 '필사의 의지'로 되먹임된다. 이것은 어느 것이든, 하나같이 바람직하지 않다. 이 회로를 어떻게 부술 수 있을까. 「어딘가에, 어떤 사람」 마지막 편에 나온 서윤지의 비참한 사람들에 대한 연민과 그 때문에 그가 겪는 고통이 저 나쁜 '필사의 의지'를 타도하고 환한 길을 열고 있다. O는 오만 조카 알하르티, K는 한국 고재귀……

장정일(작가)

초판 1쇄 발행 2024년 8월 29일

지은이   고재귀

펴낸이   김태형

펴낸곳   제철소

등록   제2014-000058호

전화   070-7717-1924

전송   0303-3444-3469

전자우편   right_season@naver.com

인스타그램   @from.rightseason

ⓒ 고재귀, 2024. Printed in Korea

ISBN 979-11-88343-72-0 03810

[리] 데플룸

오포